생각하는 사람들

생각하는 사람들 2 (큰글씨책)

초판 1쇄 발행 2018년 10월 15일

지은이 정영선
펴낸이 강수걸
편집장 권경옥
펴낸곳 산지니
등록 2005년 2월 7일 제 333-3370000251002005000001호
주소 부산광역시 해운대구 수영강변대로 140 BCC 613호
전화 051-504-7070 | 팩스 051-507-7543
홈페이지 www.sanzinibook.com
전자우편 sanzini@sanzinibook.com
블로그 http://sanzinibook.tistory.com

ISBN 978-89-6545-561-5 04810
978-89-6545-559-2 (세트)

* 책값은 뒤표지에 있습니다.
* 이 도서의 국립중앙도서관 출판예정도서목록(CIP)은 서지정보유통지원시스템 홈페이지(http://seoji.nl.go.kr)와 국가자료공동목록시스템(http://www.nl.go.kr/kolisnet)에서 이용하실 수 있습니다.(CIP제어번호: CIP2018031437)

큰글씨책

생각하는 사람들 2

정영선 장편소설

산지니

차례

2권

3

4

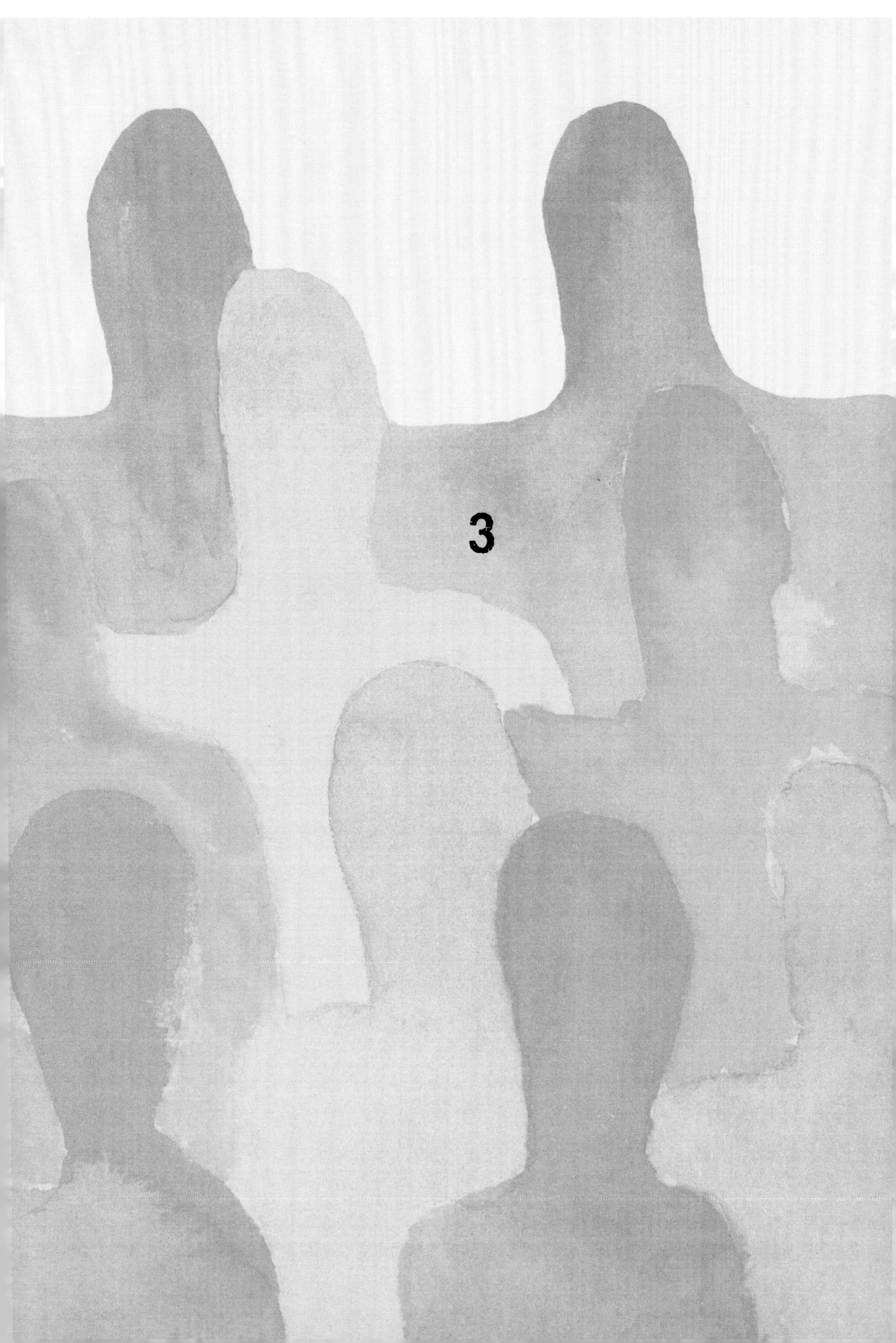

3

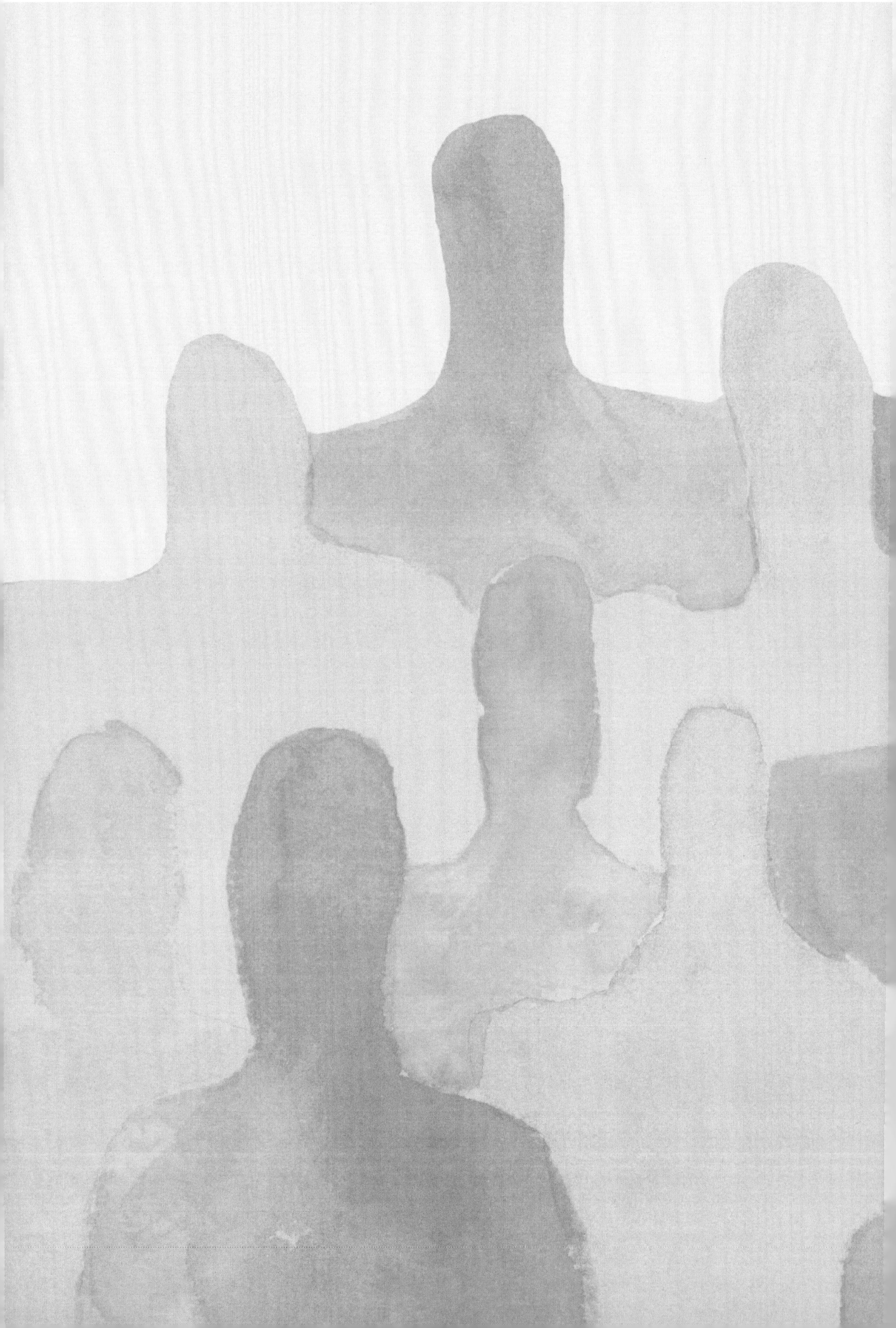

아버지가 보고 싶은 아이들

"내가 많이 얄궂제."

허리가 기역자로 굽은 할머니가 새처럼 목을 빼 쳐다보았다. 이상하긴 했지만 얄궂지는 않았는데 창주는 아무 말도 하지 않았다. 할머니는 그런 상황에 익숙한 듯 빠르게 다가와 손을 잡았다. 휘어진 손가락 관절이 툭툭 불거져 있었다. 불룩한 혹이 난 오징어 튀김이 생각나 웃음이 났다. 할머니도 따라 웃었다. 웃는 할머니가 우스워 소리 내어 웃었다.

"우리 손지가 고생을 많이 했네. 손이 이렇게 험한 걸 보니."

할머니는 오랫동안 알고 지내다 서너 달 만에 다시 만난 것처럼 손등까지 쓰다듬었다. 어색했지만 할머니야말로 고생을 많이 한 것 같아 손을 빼지 못하고 잠시 그대로 있었다. 웃고 있던 할머니의 눈에 어느새 눈물이 그득 고였다.

"이 늙은이가 주책없이. 너무 좋아도 눈물이 나네."

할머니는 호주머니에서 손수건을 꺼내 눈물을 훔쳤다.

"꼭 너 할아버지가 살아 돌아온 것 같다. 눈이며 얼굴이…."

이번에는 얼굴을 뜯어보듯 했는데, 창주는 '손지'라는 말 때문에 얼굴을 돌릴 수도 없어 어색하게 웃고 있었다. 다행히 엄마가 차를 내왔다. 기대와는 달리 돈이 많을 것 같지 않아 실망스러웠지만 할머니의 눈물을 보니 그 생각을 해서는 안 될 것 같았다.

차를 두어 모금 마신 할머니가 조금 진정된 목소리로, 할아버지 사진이라도 있으면 보여달라고 했다. 엄마는 사진 한 장 못가지고 맨몸으로 나왔다며 아쉬워했다.

"몇십 년 동안 기다리신 걸 보니 아버지를 많이 사랑하신 것 같은데 어디가 그렇게 좋으셨어요?"

엄마가 진작부터 묻고 싶었다는 듯이 눈을 반짝이며 물었다.

"사랑은 무슨. 나쁜 시절을 만나 제대로 살지도 못하고 헤어진 게 늘 아쉬웠지. 그래도 다른 남정네들 보면 그 양반이 생각나더라고. 다른 건 몰라도 나를 잊지 않을 사람인 거는 알았제. 하루하루 기다린 게…."

일행인 듯한 손님 서너 명이 들어오자 할머니는 자리에서 일어났다.

"차를 세 번이나 갈아타야 해서… 중간 크기로 사 왔는데 좀 클란가."

할머니는 종이 가방 안에서 운동복을 한 벌 꺼냈다. 흰 줄 세 개가 그어진 아디다스 검정 운동복이었다. 그뿐 아니었다. 농사 지은 거라며 가방에서 깨를 한 봉지 꺼냈다. 엄마는 다른 건 몰라도 깨값은 드려야 한다며 주머니를 뒤적였다.

"자네한테 깨값을 받으면 내가 영감을 어떻게 만나겠나."

할머니는 그 말을 남기고 가게를 나섰다.

창주는 엄마가 쥐어주는 돈으로 할머니의 차표를 타러 매표소로 달려갔다. 허리가 굽은 할머니가 생각보다 걸음이 빨라 거의 뛰어야 했다. 차표를 타드리겠다고 하자 할머니는 손지한테 업혀서 가는 기분이겠다며, 대전 가는 걸로 타라고 했다. 엄마는 마실 것도 사드리라고 했지만 그럴 시간이 없었다. 할머니는 차표를 받아 들고도 운동복이 맞을란가 모르겠다며 안 맞으면 대리점에 가서 바꾸라고 한 뒤 걸음을 뗐다.

"옛날에 너 외삼촌 옷을 처음 샀을 때도 점퍼는 크고 바지는 작았는데 너 외삼촌이 얼마나 그 옷만 입고 다니는지…."

"외삼촌이요?"

"그래, 외삼촌. 서울 사는데 곧 만날 끼다. 어서 가자."

할머니는 늦었다는 듯 버스 타는 쪽으로 걸음을 옮겼다.

이상하게 아침 일찍 일어났다. 책상 아래 둔 운동복 종이봉투가 제일 먼저 보였다. 어제 본 할머니 생각이 났다. 학교 가라는 말은 한 번도 안 들었지만 안 들은 그 말이 더 생생했다. 침대 맞은편 옷걸이에 걸린 교복도 못 입을 정도는 아니었다. 그래, 가보자. 창주는 벌떡 일어나 학교 갈 준비를 했다.

다짐을 했는데도 운동장 축구 골대를 보니 눈물이 났다. 아이들이 힐끔거리는 것 같아 고개를 더 숙였다. 교실에 들어서

자 친구들이 잠깐 쳐다보더니 입을 다물었다. 분명 토트넘의 손흥민 선수 이야기를 하고 있었는데…, 비호처럼 수비를 뚫고 골대 왼쪽 구석에서 그대로 슛…. 말들이 끓어올라 몸이 터질 것 같았다. 청소도구함 앞 책상에는 다른 애들의 노트와 문제집, 체육복들이 어지럽게 놓여 있었다. 창주는 잠시 망설이다가 그것들을 모아 교실 뒤 사물함 위로 옮겼다. 아이들의 시선이 사방에서 쏟아졌다. 뒤통수와 목덜미가 점점 뜨거워졌다. 앉자마자 책상에 엎드렸다.

텅 빈 교실에 혼자 있었다. 무슨 수업인지 몰라도 이동수업을 하러 가면서 아무도 깨워주지 않은 것 같았다. 멍하니 교실에 앉아 있는데 어떻게 알았는지 담임선생님이 들어오셨다. 자다 일어났다고는 할 수 없어 머리가 아파 엎드려 있었다고 했다. 담임은 대한민국 고등학교 공부가 그렇게 만만한 게 아니라고, 스트레스 때문인 것 같으니 며칠 더 쉬라고 했다. 자꾸 쉬라는 그 말이 학교에 오지 말라는 말로 들렸다. 다시 일주일 동안 학교에 가지 않고 잠만 자다가 해가 지면 축구공을 들고 초등학교에 가서 공을 찼다. 공을 차면 그래도 가슴이 시원했다.

조그만 돌멩이를 2미터 간격으로 늘어놓고 그 사이를 빠져나가는 드리블 연습을 했다. 빨간 안전봉을 늘어놓는 것보다 모양은 빠졌지만 마음은 편했다. 뒤에서 오던 아이가 코치 모르게 미는 경우도 없었다. 코치는 그 사실을 알면서도 안전봉

밖으로 공을 차는 창주를 나무랐다. 북한 애라고 부르는 게 가장 싫었다. 나이는 작지만 학년은 높은 아이들 몇 명도 아예 대놓고 그렇게 불렀다. 이상하게 틀린 말도 아닌데 그 말을 듣고 나면 다리가 굳어져 안전봉을 하나도 통과하지 못했다.

스탠드에 공을 차서 가슴으로 받는 연습까지 마치자 턱밑으로 땀이 뚝뚝 떨어졌다. 가슴 밑바닥에 쌓여 있던 답답함이 몸 밖으로 나오는 것 같았다. 어둠이 골대를 가린 뒤에야 옆구리에 공을 끼고 집으로 돌아왔다.

서울에 있는 대안학교에 가겠다고 하자 엄마는 그동안 한 말이 있다는 듯, 할머니가 학교 알아봐준다는데 왜 그러냐며 펄쩍 뛰었다. 촌구석에 가고 싶지 않다고 했다. 후아빠는 요즘 촌이 정부 지원도 많고 도시보다 더 잘 산다며 엄마를 거들었다. 할머니 이야기만 나오면 생선 냄새를 맡은 고양이처럼 달려드는 게 자기가 그 할머니의 아들이라도 되는 듯했다.

"왜 내가 그 할머니 신세를 져야 합니까?"

창주는 눈을 치뜨고 대들었다.

"하나뿐인 손자라 하지 않았나."

후아빠가 확인을 바란다는 듯 엄마를 찾았다.

"양자로 들인 아들에게서 손녀가 한 명 있다는데… 그래도 창주보고 하나뿐인 핏줄이라 합디다."

엄마가 맞장구를 쳤다.

"그게 엄마하고 무슨 관계냐고? 엄마를 낳은 것도 아니고."

창주는 더 이야기가 하기 싫어 공을 들고 집을 나왔다.

"지금 몇 신데 나가?"

엄마가 새된 목소리로 고함을 질렀지만 창주는 못 들은 척했다.

작은 도시의 변두리라서 저녁이 되면 갈 곳이 없었다. 영화관도 없고 불러낼 친구도 없었다. 겨우 두 정거장 정도 떨어진 운동장을 떠올렸다. 축구장 야구장 농구장이 붙어 있어 일요일이면 이 도시사람뿐 아니라 다른 지역에서도 운동을 하러 모여드는 곳이었다. 이렇게 늦게 가본 적은 없지만 그곳밖에 생각나는 곳이 없었다. 꼭 공을 차겠다는 것도 아니었다. 그냥 집을 잠시 나오고 싶었다. 엄마와 후아빠도 생각을 정리할 시간이 필요할 거고. 버스를 기다리는 동안 어둠은 더 짙어지고 사람들은 눈에 띄게 줄어들었다.

결국, 가로등 하나 없는 시커먼 운동장을 보고 있다 집으로 돌아왔다. 엄마는 보기도 싫다는 듯 식탁 위의 빈 소주병을 보며 하고 싶은 대로 하라고 했다. 후아빠도 더 이상 어쩔 수 없다는 듯 한숨을 내쉬었다. 속으로는 어디로든 사라져주길 바라면서 엄마 앞에서 연기를 하는 것 같았다. 창주는 후아빠를 본다는 게 엄마를 보고 있는 자신을 발견했다. 왜 저런 남자와 같이 사냐는, 저런 남자를 만나려고 아버지를 떠나왔냐는 말이 입을 제외한 모든 기관에서 뿜어져 나왔다. 엄마는 그 말을 들었다는 듯이 창주를 쏘아보았다. 얼마나 고생한 줄 알면서 그런 생각을 하냐고 원망하는 눈빛이었다. 후아빠 없이는 살 수 없다는 것 같기도 하다. 엄마와 싸우려고 두만강을 건넌 건 아닌데 눈물이 쏟아지려고 했다. 눈물을 보이기 싫어 고개를 돌렸는데 후아빠와 눈이 마주쳤다. 정수리에 몇 가닥 남은 머리카락이 이리저리 흩어져 있었다. 뭐를 먹었는지 배는 새끼 밴 돼지처럼 축 처지고 눈으로 슥 훑기부터 하는 게 꼭 분조소 보안원처럼 기분이 나빴다.

"그러지 말고 나랑 이야기 좀 하자."

후아빠가 살찐 손을 내밀었다. 창주는 손을 피해 방으로 들어갔다.

"저 버르장머리 하고는."

후아빠의 혀 차는 소리가 그림자처럼 방으로 따라 들어왔다. 남한 사람이고 엄마보다 열 살이나 많고 이혼한 부인과의 사이에 자식이 두 명이었다. 엄마가 다니던 회사 근처에서 식당을 했다고 했다. 엄마가 그 식당에서 일을 하게 되었고, 두 사람이 어떻게 해서 같이 살게 되었는지 듣지 않아도 알 것 같았다.

문을 닫고 침대에 누웠다. 유니원에서 나온 다음 날 엄마랑 같이 사 온 침대이다. TV에서만 본 침대에서 자다니, 며칠 동안 구름 위에 누운 기분이었다. 서울 갈 생각을 하니 침대가 아까웠다. 천장을 보고 누워 있다가 왼쪽으로 몸을 돌려 손을 뻗었다. 책상 위의 휴대폰이 만져졌다. 유니원에서 나오자

마자 개통한 전화다. 후아빠가 사준 선물이었다. 그때만 좋았다. 한국에 오면 집도 주고 직장도 준다는데 엄마는 집도 받았다가 반납했다. 다달이 임대료에 관리비 내야지 안 받는 게 더 싸게 치인다는 것이다. 그 아파트라도 가만 두었으면 거기서라도 살 텐데, 마음에 드는 게 하나도 없었다.

서울에 있는 충일이에게 카톡을 했다. 유니원 동기인 충일인 서울의 대안학교에 다니고 있었다.

나 진짜 그 학교로 옮길까.

언제든지 와도 돼.

충일이는 간단하게 대답했다.

서울에 있는 애들은 다 잘 있냐?

며칠 전에 금주 누나 집에 다 모였다. 감자국수도 먹고.

창주는 모르는 애기였다. 서울에 사는 애들이라면 국성, 금주누나, 향이, 수지였다.

수지도?

그 앤 온다고 했는데 안 왔어.

왜?

집 받아서 이사해야 한다고.

어디에?

몰라.

충일은 시큰둥하게 답했다.

근데 너 학교에 운동장 있어?

운동장은 없지. 서울 땅값이 얼마나 비싼데.

축구 이야기는 안 하는 게 나을 것 같았다.

카톡을 끊고 심호흡을 몇 번 했다. 수지 생각이 났다. 나이는 똑같은데 그 애는 벌써 대학생이었다. 다시 카톡을 열었다. 다른 아이들처럼 수지도 카톡 배경 사진과 메시지를 자주 바꿨다. 한 줄도 안 되는 메시지에서 창주는 수지의 마음을 읽었다. 어떨 땐 그 글이 자신에게 보내는 편지 같기도 했다.

다운받은 듯한 사진 아래 '간절하다'란 프로필 메시지가 적혀 있다. 무슨 일이 있는 걸까. 이제 수지 걱정을 할 처지가 아니라는 걸 알면서도 가슴이 철렁 내려앉았다. 무슨 일이 있는지 당장 물어보고 싶지만 물어도 소용이 없다는 건 이미 알고 있었다. 수지는 누구에게도 속을 보이지 않았다.

유니원 청소년 학교에서 공부할 때도 마찬가지였다. 앞줄에 앉아 뒤도 옆도 돌아보지 않았다. 늘 앞만 보고 있거나 책상 위에 펼친 책을 보고 있었다. 수지는 늘 제 자리에 앉아 있는데도, 볼 때마다 길 가다 노랗게 익은 참외를 보기라도 한 것처럼 눈을 뗄 수가 없었다. 아침에 나온다고 정신이 없었는지 묶이지 않은 머리카락을 가느다란 손가락으로 몇 번이나 끌어올렸다. 머리 하나도 야무지게 묶지 못하는 아이였다. 다른 애들은 수업을 마칠 때까지 머리카락 하나 내려오지 않는데, 머리를 빗겨 고무줄로 단단히 매주고 싶었다.

수지의 얼굴은 하얗다. 창주는 그렇게 하얀 얼굴은 처음 보았다. 깎아놓은 참외 같았다. 자주색 줄무늬 교복 셔츠 밖으로 자작나무처럼 곧은 수지의 목을 볼 때마다 숲속에 들어선 것처럼 가슴이 서늘해졌다. 수업 시간이면 수지는 가느다란 허리를 꼿꼿이 세우고 말을 붙잡으려는 것처럼 빠르게 필기를 했다. 글자들은 손가락 끝으로 밀면 공처럼 굴러다닐 것처럼 동글동글 했다. 그 글씨를 볼 때마다 수지가 웃는 것 같아 슬쩍 쳐다보기도 했다.

유니원에 있을 때 꿈에서 아버지를 보았다. 아버진 돌아가시기 전의 모습 그대로였다. 광대뼈가 튀어나오고 눈은 꺼지고, 무산의 중학교 교원이었던 아버지는 엄마가 중국에 가고 난 다음 학교를 그만두었다. 기침을 간간이 했지만 건강하셨고 두만강쯤 단숨에 건널 수 있을 것 같았다. 엄마는 아버지랑 같이 건너오라고 했고 아버지는 힘들긴 하지만 공화국을 버릴 수는 없다고 했다. 공화국을 떠나고 싶지 않은데 엄마랑은 살고 싶어요, 그 말을 들은 아버지는 며칠 뒤 엄마를 데리고 오겠다며 강을 건너다 물살에 떠내려갔다. 만취 상태라고 했다. 아버지가 돌아가신 후로 학교를 가지 않아도 야단치는 사람도 없었고 밥을 굶어도 챙겨주는 사람도 없었다. 남조선에 간 엄마 때문에 축구부에서도 쫓겨났다. 남조선에서 보내오는 엄마의 돈이 없었으면 꽃제비가 되었을 것이다.

자주 아버지 생각이 나 아침 일찍 운동장으로 갔다. 점호 전이라서 성인반 교육생 몇 명이 운동장을 걷고 있었다. 운동장에 나온 것만으로도 기분이 나아졌다.

축구공을 가지러 다시 숙소로 들어가려고 하는데 수지가 뛰쳐나왔다. 하얀 얼굴이 발갛게 물이 들었다. 머리를 아무렇게나 묶고 자리옷 위에 겉옷만 걸친 듯했다. 발갛게 물든 눈 아래 닦이지 않는 눈물이 흘러내리고 있었다. 수지가 새벽까지 운다는 말을 같은 방을 쓰는 금주 누나에게 들은 것도 같았다. 수지는 창주를 보고도 보이지 않는다는 듯 커다랗게 뜬 붉은 눈 그대로 곁을 지나갔다. 젖은 휴지를 잡고 있는 손이 떨리고 있었다. 뒤를 돌아보고 싶었지만 돌아보면 수지가 울 수 없을 것 같아 미친 듯이 달려갔다. 때로는 울어야 숨을 쉴 수 있다는 걸 창주는 알고 있었다.

식당 가는 게 제일 좋았는데, 그날은 밥맛이 없었다. 반 넘게 남기고 요구르트만 수지 것까지 챙겨 나왔다. 그 앤 아침도 먹지 않고 교실에 올 것 같았다.

먼저 온 아이들이 대부분 영어 단어를 외우고 있었다. 1교시에 영어 단어 시험이었지만 창주는 창가 수지의 자리를 멍하니 보고 있었다. 잠시 뒤 교실 문이 열리고 수지가 들어왔다. 머리를 제법 단정하게 묶고 세수를 했는지 운 흔적이 없었다. 안녕, 수지는 교실에 들어서면서 들릴 듯 말 듯 인사를 했다. 내리깐 눈은 붉은지 붉지 않은지 알 수가 없었다. 수지 쪽으로 얼굴을 돌린 아이들이 밝은 목소리로 대답을 했다. 안녕! 수지가 살짝 웃으려고 애를 썼다. 몇 시간 만에 목이 더 가늘어진 게 살이 내린 것 같았지만, 수지는 흔들리지 않고 똑바로 걸어 자신의 자리에 앉았다. 책가방을 올려놓고 깨끗이 닦인 칠판을 바라보는 수지의 목덜미가 뭔가 새로운 결심을 한 것처럼 꼿꼿했다. 창주는 아이들이 보고 있다는 것을 알면서도 식당에서 가져온 요구르트를 수지에게 주었다. 자리에 돌아와서 보니 수지가 가느다란 손으로 요구르트 뚜껑을 벗기고 있었다. 창주는 심장이 터질 것 같아 책상에 엎드렸다.

A대 합격했어.

몇 달 전 수지가 먼저 보낸 문자였다. A대라니, 아직 고등학교도 졸업하지 못했는데, 축하한다는 말을 하는데도 시간이 오래 걸렸다. 그게 마지막 연락이었다. 아무리 특별전형이라지만 A대 다니는 수지에게 좋아한다는 말을 할 수가 없었다. 그래서인지 저금까지 깨서 입학 선물로 시계를 사놓고도 아직 전하지 못했다.

수지가 멀어지자 자신에게 아무것도 남아 있는 게 없는 것 같았다. 축구라도 하면 좋을 것 같은데 그런 희망도 사라졌다. 공을 차겠다는 희망으로 남한에 왔는데 키가 작다고 시합에도 보내지 않고 어린 새끼들이 차다 버린 공이나 줍고 운동장 뒷정리나 하고 주전과 후보로 나누는 청백전에도 뛰지 못할 때가 많았다. 제주도 전지훈련에도 빠졌다. 부상당한 것도 아니고 안 가겠다고 한 적도 없었다. 더 이상 축구부에 있을 수가 없었다.

창주는 오랫동안 망설이다 카톡을 보냈다.

학교 그만두고 싶어.

수지에게 보내는 것이 아니라 자신에게 보낸 것 같기도 했다. 역시 1은 사라지지 않았다. 멍하니 보고 있다가 비어 있는 자신의 카톡 메시지에도 간절하다는 말을 썼다. 쓰고 보니 축구가 간절한 것인지 수지가 간절한 것인지 알 수 없었다. 입학 선물로 산 시계가 든 선물 상자를 만졌다. 수지의 가느다란 손목에 어울릴 것 같았다.

수지, 모음 두 개와 자음 두 개로 구성되어 있는 간단한 이름이다. 너무 쉬운 이름이라서 받침이 하나 붙어 있었으면 좋겠다는 생각이 들었다. 그러나 ㄴ이 붙어 순지나 수진이 된다 해도 그 이름이 낯설기는 똑같을 것이었다. 그 이름은 안전부 직원이 지어준 이름이었다. 우리나라 남자들이 가장 좋아하는 연예인의 이름이라고 했지만 창주는 봄희라는 원래의 이름이 더 좋았다. 수지 역시 할아버지가 지어준 그 이름을 사용하지 못해 속상하다고 했지만 어쩔 수가 없다고 했다. 언제 그 이름을 사용할 수 있을까, 수지의 눈에 고이던 눈물이 생각났다.

혼자 가는 게 아니라 수지랑 둘이 가는 기분이었다. 입학 선물로 산 시계를 가방 안에 넣고 집을 나설 때부터 그랬다. 사실은 둘도 아니었다. 자신이 좋아하는 수지. 이제 좋아할 수도 없을 것 같은 수지… 그래도 좋아할 것 같은 수지, 여러 명이었다. 가슴이 아팠지만 아픈 만큼 사랑이라면 더 아파도 좋았다. 손에 땀이 나도록 쥐고 있던 휴대폰을 가방에 넣고 눈을 감았다.

가방 안의 전화기가 자주 울리는 것 같았다. 분명히 무음으로 해놓았는데 진동이 오는 것 같아 창주는 허겁지겁 가방을 열었다. 놀랍게도 수지의 전화가 소리 없이 울리고 있었다. 창주는 끊기면 다시 걸면 된다는 걸 알면서도 허겁지겁 전화를 받았다. 수지는 마중 못 가서 미안하다며 지하철 출구에서 보자고 했다. 고등학교 때 울면서 전화가 왔을 때도 이렇게 말했다. 그땐 수지가 학교를 다니고 싶지 않다고 했었다. 탈북 사실을 비밀로 했는데 보호자였던 수녀님이 학교에 와서 그 사실이 다 알려졌다며, 쉬는 시간마다 다른 반 아이들이 구름처럼 몰려온다고 했다. 친했던 아이들 중 몇 명이 간첩 보듯이 한다며 눈물을 줄줄 흘렸다. 이럴까 봐 숨겼고 숨기는 것도 얼마나 힘이 들었는데, 지하철 출구 옆 중국집 군만두 위로 수지의 눈물이 떨어지는 걸 보고만 있었다. 너는 처음부터 밝혀서 괜찮지? 수지가 겨우 눈물을 그치고 물었다. 창주는 차마 회식 때 음식이 남으면 자기 앞으로 접시를 슬쩍 민다는 말을 할 수가 없었다. 나도 그랬어, 삼사 일은. 수업에 안 들어오는 선생님들까지 얼굴 한번 보자며 부르더라니까. 길게 잡아 일주일이야. 걔네들도 살기 바쁘잖아. 학원 다니지, 과외하지. 조금 있으면 다 잊을 거야. 수지가 겨우 머리를 끄덕였다.

약속 장소인 6번 출구 근처 약국이었다. 맞은편 신호등에서 단발머리를 뒤로 묶은 수지가 건너오고 있었다.

가슴이 부풀어 올라 터질 것 같았다. 세상에서 제일 멋진 남자가 되고 싶은데, 키가 작아 축구를 못 한다고 할 때보다 더 작은 키가 원망스러웠다. 손끝이 바르르 떨리는 것 같았다. 붉어진 얼굴이 화끈거렸다. 심장이 덜렁거리는 소리가 났다.

"잘 찾아왔네. 걱정했었는데…"

"걱정은 무슨…."

창주는 부끄러워서 자신도 모르게 뽀로통하게 대답했다.

"배고프다."

수지가 셔츠를 끌어당기며 말했다. 아침을 굶고 나온 탓인지 창주도 배가 고프긴 했다.

"늘 먹고 싶은 게 있었는데 2인분씩 팔아서 못 먹었거든. 먹으러 가자."

"그런 게 있어? 뭔데?"

수지는 대답도 않고 빨리 가자는 듯이 소매를 잡아 끌어당겼다. 오늘은 뭐든 다 사주겠다고 용돈을 다 털고 엄마한테 더 받아 왔지만 그래도 돈이 모자랄까 봐 걱정되었다. 한두 발자국 앞서가던 수지가 들어간 곳은 다행히 닭갈비집이었다. 축구부 회식 때 몇 번 가본 적이 있었는데, 대학교 앞이라 그런지 자리마다 반쯤 칸막이가 되어 있었다. 수지는 벽 쪽의 빈자리에 털썩 주저앉았다.

"너 보니까 마음이 편하다. 대학 오니까 공부는 어렵고 다들 너무 크고 예쁘고."

수지가 진짜 반갑다는 듯이 이를 드러내고 웃었다. 수지와 단둘이 닭갈비를 먹다니, 심장이 뛰었다.

"집 받았다며? 학교에서 가까워?"

창주는 심장 소리가 수지에게 들릴까 봐 몸을 뒤로 젖히고 물었다.

"지하철로 30분이면 되는데 집 받으니까 식구들이 더 보고 싶어."

수지는 분명히 웃으려고 하는 것 같았는데, 눈물이 보였다. 커다란 프라이팬에 닭갈비를 담아 온 아줌마가 수지를 힐끔 쳐다보더니 뭐라 할 듯하다가 아무 말도 않고 가스 불을 켰다. 수지의 눈 주위에 닦다 만 눈물이 그대로 남아 있었다. 창주는 손을 뻗어 눈물을 닦아주고 싶은 걸 겨우 참고 가방을 뒤져 시계를 꺼냈다.

"입학 선물로 사둔 건데."

창주의 얼굴이 발개졌다.

"진짜? 아무 말이 없어 섭섭하긴 했어."

수지가 기다렸다는 듯 포장지를 풀고 시계를 꺼냈다. 조금씩 모아두었던 적금까지 깨서 산 시계지만 대학생이 된 수지에게 어쩐지 초라한 것 같았다.

"나 시계 없는 것 어떻게 알았어? 축구 관두고 속이 많이 상했을 텐데, 고마워."

수지가 손목에 시계를 차고 팔을 뻗었다. 약간 헐거워 보였지만 괜찮아 보였다.

"예쁘지?"

수지가 물었지만 창주는 아무 말도 못하고 나무 주걱으로 닭갈비를 뒤적였다. 붉어진 얼굴이 냄비에서 올라온 열로 더 달아올랐다.

"충일이 다니는 대안학교 갈 거야?"

"모르겠어. 운동장 있는 학교로 가고 싶은데, 그 학교는 운동장이 없다 해서…. 나 할머니 만났어. 할머니가 자기 집에서 다니래."

창주는 닭다리와 야채를 담아 수지에게 주었다.

"할머니?"

수지가 젓가락을 들다 물었다.

"응. 우리 외할아버지의 남조선 아내."

"우와 좋겠다. 엄마도 있고 할머니도 있고. 나도 곧 아빠 소식 들을 수 있을지 몰라."

이번에는 창주가 당근 한 개를 집어 들다 목소리를 낮추며 물었다.

"평양은 힘들다 하지 않았나?"

"안전부에서 만난 선생님에게 부탁을 했어."

"그 선생님들하고 아직도 연락해?"

창주가 눈을 동그랗게 뜨고 물었다.

"응 가끔씩 연락 와. 보호자가 없다 보니까 좀 챙겨주는 것도 있고."

"아, 그렇구나."

창주가 부럽다는 듯이 고개를 끄덕였다.

"진짜 목소리만이라도 듣고 싶어."

겨우 그쳤던 수지의 눈물이 다시 흘렀다.

창주는 고개를 숙여 접시에 놓인 닭고기의 살을 젓가락으로 발라 먹었다. 손으로 잡고 먹으면 몇 초 걸리지도 않을 일을, 손목이 아프도록 그러고 있었다.

"참, 창주 너 중국어 배웠어?"

수지가 갑자기 생각났다는 듯 눈물을 닦으며 물었다.

"난 일본어 했는데."

"얼굴이 동글동글하고 눈이 작고 머리가 좀 벗겨졌고 키는 너만 한데, 청진에서 외국어대학 다니다 온 사람한테 중국어 배운 적 없어?"

"없다니까 우리 학교 중국어 선생님은 여자야."

"청진에서 온 사람이라니까."

수지가 답답하다는 듯이 물을 마셨다.

"그런 사람 만난 적 없는데."

창주는 젓가락을 놓고 고개를 들었다.

“진짜? 내 본명을 누구에게 알려준 적 있어?”

“미쳤구나야. 그런 말을 하게.”

창주가 기분 나쁘다는 듯이 톡 쏘아붙였다.

수지가 놀랍다는 듯이 멍하니 있다가 입술을 깨물었다.

남편의 가족들

할머니가 돌아간 뒤 금향 씨는 식당의 메뉴를 확 줄였다. 메뉴만 줄여도 몸도 편하고 마음도 편했다. 남편은 팔리든 말았든 식당 밖의 찜솥에서 김이 올라오게 물이라도 끓이고 식당 안에서는 TV만 보지 말고 만두를 빚으라고 했다. 그래야 가게를 빨리 처분할 수 있다는 것이다. 옛날에 다니던 핸드폰 케이스 만드는 공장에서 사람을 뽑는다고 해도 막무가내였다. 가게가 나가야 공장에도 갈 수 있다고 했다.

작년에 공장 근처에 있던 점포를 빼서 이곳으로 옮기면서 이때까지 모아놓은 돈에 비자금까지 내놓았다. 인테리어도 하고 냉장고도 대형으로 샀다. 옮기기 전 식당은 좁아서 큰 냉장고를 들일 수가 없었다. 냉장고에 구겨 넣은 재료를 찾느라고 생고생을 했다. 또 냉장고에 넣지 못한 것들을 필요 이상으로 많이 사용하기도 했다. 식당을 옮긴다면 꼭 큰 냉장고를 사고 싶었다. 그 한을 푼다고 대형 냉장고를 두 대나 샀다. 한 대는 중고였지만. 냉장고 때문인지 손님이 엄청 많이 올 것 같았다. 일하는 아줌마를 두어 명 둘 계획도 세웠다. 주방에 한 명, 홀에 한 명, 자신은 카운터에 앉아 돈만 받으면 될 것이었다. 중고였지만 차르르 소리를 내며 열리는 금고도 샀다. 그 안에 빼곡히 쌓이는 지폐를 떠올리기만 해도 잠이 안 왔다. 휴지를 사들고 온 경애가 부러워서 눈물을 흘릴 정도였다. 한 달도 못 가 내가 그 눈물을 흘리다니, 금향 씨는 만두를 빚다 절레절레 고개를 흔들었다.

만두피를 손바닥에 얹고 앞에 놓인 소를 한 숟가락 떠서 놓고 가장자리를 눌러 연결하면 만두 한 개가 완성된다. 만두소만 넣는 건 아니었다. 그때 떠오른 별의별 기억이 함께 들어갔다. 고향의 배꽃이 가장 기억났다. 그때 만든 만두는 연한 꽃향기가 날 것 같았다. 고난의 행군 때 굶던 기억도 자주 났다. 일흔둘의 할머니는 돌아가셨다. 다들 노환이라고 했지만 아사였다. 너무 배가 고파서 협동농장의 무 하나를 빼 먹다가 들켜서 전신에 피멍이 들도록 맞았던 기억도 만두에 들어갔다. 그때는 숟가락 가득 만두소를 떴다. 그때도 살았는데 이까짓 것, 금향 씨는 만두피를 접어 꾹꾹 힘주어 눌렀다. 그녀의 마음인 듯 손가락 자욱이 선명하게 남았다.

금향 씨는 어린 아들과 남편을 무산에 두고 두만강을 건넜다. 딱 1년만 돈을 벌겠다고 했는데 생각보다 돈을 벌지는 못했다. 북한에서처럼 굶지는 않았지만 언제 중국 공안에게 붙들려갈지 모를 불안감 속에서 돈을 버는 일이 쉽지는 않았다. 그래도 무산으로 돌아가기는 싫었다. 남편 소식은 가끔 들었다.

술독에 빠져 산다고 했다. 그 말을 들으니 더 가기 싫었다. 연변에 금향 씨와 같은 사람이 한둘이 아니었다. 북한 땅에서 태어난 게 잘못이고 죄였다. 중국 공안의 눈을 피한다고 식당에도 못 나간 날에는 해가 지기도 전에 술을 마셨다. 무슨 까닭인지 술을 마시면 마실수록 점점 남편과 멀어지는 기분이었다.

1년이 지나자 남편이 돌아오라고 재촉을 했다. 금향 씨는 보안서에 끌려가기 싫다고 버텼다. 남편에게 창주 데리고 건너오라고 하자 남편은 공화국을 버릴 수 없다고 했다. 고생스럽지만 장군님을 배신할 수 없다는 것이다. 인민들 굶겨 죽이는 장군이나 가족 팽개치고 술독에 빠져 사는 가장이나 똑같다고 한마디 하고 전화를 끊었다.

사흘 뒤에 남편의 사망 소식을 들었다. 자신을 찾아 두만강을 건너다 물에 떠내려갔다는 것이다. 술을 마시지 않았다면 가슴팍에도 닿지 않는 물을 건너지 못할 이유가 없었다. 열두 살인 아들은 아버지가 돌아가신 건 엄마 탓이라며 무산에 남겠다고 했다. 금향 씨는 혼자 한국으로 왔다.

한국에서도 연변에서처럼 브로커를 통해 아들에게 생활비를 조금씩 보냈는데 아들은 작년에 도저히 살 수 없겠다며 남한으로 오고 싶다고 했다.

6년 만에 만난 아들은 낯설었다. 작은 아버지 집에서 뭘 먹고 살았는지 키가 한 뼘도 자라지 않은 것 같았다. 얼굴에는 손톱 모양의 흉터가 곳곳에 박혀 있었다. 반쯤 부서진 앞니도 보기 흉했다. 엎어져서 그렇다고 하는데 금향 씨가 보기엔 싸우다 깨진 것 같았다. 고등중학교를 졸업하고도 남을 나이였지만 1학년을 겨우 다녔다고 했다. 키도 겨우 그만 했다. 체육교원으로 있던 남편의 영향인지 눈만 뜨면 볼 찰 궁리만 했다. 무산에서도 학교는 안 다니고 볼만 찼다고 했다. 남조선에 가면 축구만 해도 돈을 벌 수 있다는 말을 들은 뒤 탈북을 결심했다는 것이다.

이곳저곳 알아보았지만 아들을 축구부로 받아주는 학교는 없었다. 키도 작고 기술도 모자란다는 것이다. 아들은 축구를 할 수 있다면 나이는 상관이 없다고 했다. 남편이 아버지 역할을 해야겠다며 며칠 알아보고 다니더니 한 군데를 알아 왔다. 입학을 하고 보니 또래보다 세 살이나 많은데도 제일 작았다.

금향 씨는 쟁반에 가지런히 늘어진 만두를 보면서 손바닥의 밀가루를 털었다. 오늘은 더 이상 만두를 만들 필요가 없었다. 남편이 내일 시어머니의 생신이라고 같이 가자고 했다. 남편의 아들도 온다고 했다. 아들만 없어도 가겠는데, 그 말을 할 수는 없고 몸이 안 좋다고 혼자 갔다 오라고 할까 싶기도 했다. 작년에도 남편은 혼자 가겠다고 해놓고 막상 생일날이 되니 가지 않겠다고 했다. 가봤자 할 일도 없고…, 근처에 여동생이 있어 큰 걱정은 하지 않아도 된다고는 했다. 여동생까지 있다 하니까 더 가기가 무서웠다. 작년 겨울에 음식을 좀 해서 들려 보냈다. 그랬더니 시어머니가 꼭 데리고 오라고 했단다. 지어낸 말이라는 건 알고 있었지만, 기분은 좋았다. 조선족이라고 했으니 걱정 마, 연변에서 왔다고 해. 남편은 배를 불룩 내밀고 말했다. 머리도 벗겨지고 키도 작고 진짜 볼품없었다. 거기다 이제 돈도 없고… 마음씨 하나 빼고는 볼 게 하나도 없다고 생각했다. 그런데 그 마음이란 게 볼 수 있는 것도 아니고, 진숙이 말대로 꼭 사기꾼 같기도 했다.

어릴 때 아버지 돌아가시고 좌판 장사한 엄마랑 살면서 지지리도 고생했다고, 식당 주인이 술잔을 비우며 이야기를 이어갔다. 야근 후에 경애와 진숙이랑 몇 번 간 공장 근처 식당이었다. 오징어무침 한 접시를 서비스로 준 그는 손님도 없다며, 바로 술자리에 합석했다. 분명히 부인은 죽었다고 했는데 뒤에 알고 보니 별거 중이었다. 그걸 알면서도 한 달 뒤 금향씨는 회사를 그만두고 식당에서 일하고 있었다. 그런 남자랑 살려고 여기 왔냐고, 진숙이가 뜯어말렸다. 그런 남자란 말이 가장 큰 상처였다.

남편이 미리 준비해둔 생일 선물을 들고 아파트를 나섰다. 제법 부석거렸는데도 창주는 내다보지 않았다. 서울에 있는 대안학교로 전학을 가기로 한 이후로 서로 마음이 편해진 상태였다. 마음 같아선 데리고 가고 싶었지만 따라갈 것 같지도 않고 오히려 왜 그 집에 가냐고 따지고 들 것 같아 그냥 가기로 했다.

남편은 차에 타자마자 봉투 하나를 주면서 어머니한테 주라고 했다.

"얼만데?"

금향 씨는 봉투 안을 들여다보면서 물었다. 남편은 못 들은 척 운전만 하다 한마디 했다.

"아들놈 여자도 와 있을 거야. 얼굴이나 한번 보라고."

아들 여자? 금향 씨는 비명이 차오르는 것을 느꼈다. 그녀는 사실 시어머니보다 남편의 아들 둘이 더 무서웠다. 그중 한 명은 군인이라고 했고 한 명은 결혼식은 안 했지만 같이 사는 여자가 있다고 했다. 그 여자가 오는 모양이었다.

"아니 그런 이야기를 왜 이제 하는 거야?"

"지금 하나 미리 하나 뭐가 달라?"

"뭐가 다르다니. 일어나서 세수만 하고 나왔는데 당신 며느리를 어떻게 보라는 거야?"

금향 씨는 고함을 질렀다. 소리가 너무 커서 금향 씨도 조금 놀랐는데 남편은 묵묵부답이었다. 교차로를 통과하는 차의 속도는 엄청 빨라졌다. 속도가 무얼 의미하는지 알 것 같아 금향씨는 더 이상 아무 말도 하지 않았다.

"너무 부담 가지지 마. 가진 것도 배운 것도 없는 놈들이야."

시어머니의 아파트에 닿았을 때 남편은 한마디 했다. 그게 말인지 방귀인지, 금향 씨는 남편의 얼굴을 힐끔 바라보았다. 입은 꾹 다물고 있었지만 기분은 좋아 보였다.

올해 팔순이라는 시어머니는 아파트 입구에서 아들을 기다리고 있었다. 남편처럼 작고 둥글둥글한 할머니였다. 남편은 몇 발 뒤에 있던 금향 씨를 손으로 불렀다.

"엄마, 오늘 미역국 끓일 사람 데리고 왔어."

남편이 철없는 애들처럼, 금향 씨를 소개했다. 할머니가 남편 뒤에 선 금향 씨에게 다가와 손을 잡았다. 작고 딱딱하고 찬 손이었다.

"미역국은 내가 끓여놨네. 어서 올라가세."

할머니는 금향 씨의 손을 잡고 엘리베이터로 갔다. 반갑게 맞이해주니 좋긴 한데, 어쩐지 무슨 함정이 있는 것 같아 마음이 조금 무거워졌다.

할머니의 집은 금향 씨와 똑같은 17평 아파트였다. 구조도 비슷해서 낯설지 않았는데 살림살이도 몇 개 없어 찾을 필요도 없었다. 동생들에게 전화를 하고 있는 남편의 목소리를 들으며 금향 씨는 생일상을 차렸다.

남편이 전화를 끊자마자 남편과 영 다르게 생긴, 키도 크고 미끈한 사람이 들어섰다. 넥타이까지 매고 있었다. 들어서자마자 그 사람은 할머니와 남편에게 인사를 하고, 집사람은 근무라서 못 왔다고 했다. 남편의 동생이었다. 옆에 산다는 여동생이 딸기를 한 상자 가지고 왔다. 남편과 달리 피부가 희고 입술이 붉었다. 남편이 인사부터 하자고 금향 씨를 불렀다. 할머니가 말렸다. 뭐가 급한가, 도망갈 사람도 아닌데 밥 먹을 때 하면 되지. 할머니의 말에 미역국을 뜨다 말고 거실로 가려던 금향 씨는 다시 국자를 잡았다. 여동생이 와서 수저와 밑반찬을 놓고 금향 씨를 이리저리 뜯어보았다. 차에서 부랴부랴 파운데이션과 입술을 발랐지만 여동생의 흰 얼굴을 보니 조금 위축되는 느낌도 들었다.

"오빠한테 이야기는 들었어요, 북한에서 오셨다고."

"네?"

너무 놀라 밥공기를 놓칠 뻔했다. 분명 조선족이라고 했다는데. 이 여자가 착각한 걸까. 머릿속이 뜨거운 바람을 내뿜으며 맹렬히 돌아갔다.

"오빠는 올케언니 힘들다고 모른 척하라고 했지만 뭐 어때요?"

올케언니, 하마터면 싱크대 쪽으로 엎어질 뻔했다. 기분이 나쁘진 않지만 발목에 무거운 뭔가가 달리는 기분이었다. 여동생은 살살 웃으면서 어머니에 대한 이야기를 한 마디씩 했다.

엘레베이터 쪽에 발소리가 다가왔다. 조카가 케이크 사가지고 온다고 했는데, 남편의 여동생이 출입문으로 고개를 돌리자 출입문이 열렸다. 검은 쫄티를 입은 청년이 커다란 케이크를 들고 왔다. 아들? 금향 씨는 바로 눈을 돌렸다. 그도 금향 씨를 본체만체했다. 케이크를 받은 남편이 왜 혼자 오냐고 물었다. 그냥, 다음에 데리고 올게. 아들의 화난 듯한 목소리가 들렸다. 잡채를 담던 손이 떨렸다.

신발장 위에 둔 가방에서 전화가 울렸다. 어떻게 해야 하나 망설이고 있는데 남편이 받아보라고 했다. 모르는 번호였지만 우선 남편의 가족으로부터 벗어나고 싶었다. 여보세요, 창주의 학교 선생님일지도 모른다는 생각도 들어 조심스럽게 전화를 받았다.

"금향이 언니 맞지?"

단번에 진숙인 줄 알았지만 아무 말도 하지 않았다.

"창주가 언니 아들인 줄 몰랐어. 어제 교육청에서 학교 부적응자 명단을 받았는데 창주가 있는 거야. 언니 이름도 있고. 혹시나 해서 학교에 전화해서 확인했지. 전화번호도 받고."

금향 씨는 여전히 놀라서 인사도 하기 힘들었다. 재단에 전화했던 일도 생각나 조마조마하기도 했다.

"전화 받기 힘들어?"

진숙이 목소리를 낮추고 물었다.

"응. 지금 시댁에 와 있어. 시어머니 생신이라고."

"진짜? 누구누구 있는데?"

"시어머니 시동생 시누이 그 사람 아들도 있어…."

금향 씨는 몰래 한숨을 내쉬며 머리를 좌우로 흔들었다.

"언니 진짜 남한 사람 다 됐네. 너무…"

뭐하는 거야! 엄마가 기다리잖아. 남편의 큰소리가 들려왔다.

"언니 어서 가봐. 다음에 연락할게."

진숙이 먼저 전화를 끊었다.

수지의 선택

하필 화장실에서 똥을 누고 있을 때 귀국 허가가 났다. 김 주임이 그 냄새를 맡을 리는 없지만 좀 당황스러웠다. 급하게 물을 내리고 나와 다시 확인했다. 귀국 허가가 맞았다. 야아! 두 손을 치켜들고 포효했다. 영웅은 아니지만 주인공은 된 기분이었다. 그런데 수지는? 보고서는 한 번밖에 안 올렸는데… 병욱은 바로 문자를 보냈다. 김 주임은 기다렸다는 듯 원래 계획되어 있던 일이라고 했다. 송수지와 같이 귀국하기 어려우면 단둥에 와서 그 상황을 구두로 보고하라고 했다. 그냥 오라면 되지 구두 보고는 뭐야? 병욱은 불만이라는 듯 투정을 부렸지만 사실은 기분이 좋았다.

싱크대 위의 라면을 본 순간 배가 고팠던 게 생각났다. 오늘 같은 날 라면을 먹기는 그렇고 제대로 먹자, 병욱은 냉장고를 뒤져 참치 넣고 김치찌개를 했다. 양념 바른 김과 계란 프라이. 전자레인지에 햇반을 데웠다. 인조나무로 된 사각형 밥상에 김치찌개를 올리고 수저를 놓을 때 전화벨이 울렸다. 준혁이었다. 누군가에게서 전화가 왔으면 했지만 준혁은 아니었다.

우선 밥이나 먹고… 김치찌개는 짰다. 저 간나는 앞으로 어떻게 살까. 냄비에 물을 부으며 생각했다. 물을 탄 김치찌개는 너무 싱거웠다. 소금을 가지러 일어나는데 다시 전화가 울렸다. 준혁이었다. 이번에는 바로 받았다.

"저번에 형이 알아보라고 한 전화번호 말이야. 처음엔 결번이라고 했는데 좀 더 알아보라고 했거든."

준혁의 목소리가 불안하게 들렸다.

"그래서?"

"그게 말이야. 평양시 보위부 간부의 전화번호라는데."

"뭐?"

놀라서 숨이 멎는 기분이었다.

"그 사람 이름이 뭔데?"

"송영산이랬나 병산이랬나…."

손이 떨려서 숟가락을 잡을 수가 없었다. 영산이던 병산이든 송경산으로 들렸다. 한국에 있는 누군가 13호 국장이었던 대동강무역 사장의 전화번호를 알아봐 달라고 한 것일까. **코**는 심 실장의 부탁이라고 했지만 믿을 수 없었다. 가슴이 쿵쾅거려 말을 할 수도 없었다.

"뭔가 이상하지, 함정에 빠진 것 같애."

준혁이 걱정스럽게 물었다.

"무슨 함정?"

병욱은 심호흡을 몇 번 한 후에야 겨우 물었다.

"아, 있잖아. 안전부 새끼들이 간첩 조작할 때…."

"야, 이게 무슨 간첩질이라고. 지금 내가 급한 일이 있어, 좀 있다 연락할게."

병욱은 서둘러 전화를 끊었다. 보위부 간부의 전화라니, 어떻게 된 일일까. 혹시 김 주임과 준혁이 **코**와 짜고 자신을 간첩으로 몰려는 걸까. 김 주임이 준혁에게 넘기고 준혁이 **코**에게 알리고. 생각만 해도 소름 끼치는 일이었지만 불가능한 일은 아니었다. 순순히 귀국 허가가 떨어진 것도 뭔가 이상했다. 그럼 송수지는 뭘까. 말라비틀어진 그 애는 왜 데리고 들어오라는 걸까. 그 애가 13국 국장의 딸이라면, 병욱은 차마 생각조차 하고 싶지 않았던 의심을 떠올렸다. 만약 그렇다면 그 아이는 어떻게 가족의 신원을 숨기고 안전부를 통과했을까. 혹시 자신처럼 공화국의 지령을 받은 건 아닐까, 의문이 꼬리를 물었다.

어떻게 할까, 주먹을 쥐고 서너 번 엄지손가락을 물어뜯은 후에 결심했다. 모른 척하자, 설령 수지가 13국 국장의 딸이라 해도 그는 끝까지 모른 척하기로 했다. 그렇게 생각을 정하니 마음이 조금 편해졌다. 김 주임의 지령대로 일단 수지를 만나 한번 더 귀국을 권하고, **코**에게는 준혁이 알려준 사실 그대로를 전달하고 반응을 확인하기로 했다. 뭔가가 있다면 분명히 표가 날 것이었다. 전화 녹음을 잊지 말아야 한다, 그는 마른 기침을 하며 그 사실을 되새겼다.

밥도 찌개도 식었지만 숟가락 가득 밥을 떠서 먹었다. 지금 해야 할 일은 그 밥을 다 먹는 것이었다. 반쯤 먹고 있을 때 다시 전화가 울렸다.

"형, 더 알아볼까. 고생은 했는데 알아낸 건 없고…."

준혁은 말끝을 흐렸다.

"그 정도면 됐어. 더 파고들면 이상하게 생각할지도 몰라. 내가 곧 돈 보내라고 할게."

병욱은 허겁지겁 전화를 끊고 숟가락을 내렸다. 아무래도 밥을 다 먹지는 못할 것 같았다. 준혁이 뭔가 이상하다며 캐고든다면 수지가 노출될 수도 있었다. 만약 진짜 수지가 13국 국장의 딸이고 그 사실이 밝혀진다면 어떻게 할까. 공화국은 납치라 할 것이고 남조선은 고위급 딸의 탈북에 흥분하며 체제 선전에 열을 올릴 것이다. 그 소용돌이에 휘말리면 그 누구든 남북 모두에서 버림받을 것이었다.

병욱은 밖으로 나와 공중전화를 찾았다. 지난 한 달간 수지에게 전화를 너무 많이 했다. 누군가 수지의 통화내역을 조사한다면 바로 노출될 것이었다. 이미 노출되었을지도 모르지만 그는 소 잃고 외양간 고치는 심정으로 한 정거장 떨어진 공중전화를 찾았다.

수지는 번호가 이상해서인지 한참 동안 전화를 받지 않았다. 다시 걸었을 때야 전화를 받았다.

"저도 전화 드리려고 했는데 왜 휴대폰으로 안 하시고."

수지는 진짜 이상하다는 듯이 물었다.

"배터리가 없어서, 할 말이 있는데 아무래도 만나서 하는 게 좋을 것 같애. 토요일인데 괜찮을까?"

"괜찮습니다. 어디로 갈까요?"

수지가 조심스럽게 말했다. 뭔가 할 말이 있는 듯한 목소리였다.

"그럼 이번에는 니가 와라. 상도동역 7번 출구야. 장소는 좀 있다 내가 문자로 넣어줄게."

수지는 바로 출발을 하겠다고, 50분쯤 뒤에 도착할 것 같다고 했다.

병욱은 다시 집으로 올라와 양치를 하고 머리를 감고 옷을 갈아입었다. 수지가 자신을 따라나서든 말든 자신이 한국 사회에 적응하지 못한 모습으로 기억되고 싶지는 않았다. 무슨 옷을 입을까. 이 옷 저 옷 뒤적이다가 결국 처음 만날 때 입었던 옷을 다시 입었다. 그리고 아내와 함께 간 적이 있는 대학 앞 레스토랑을 생각하며 천천히 아파트 밖으로 걸어 나왔다.

처음 아파트를 받았을 땐 한국 정부가 고마웠다. 집도 주고 생계비도 주고 대학 학비도 공짜라고 했다. 브로커들이 북한 사람들을 꾀면서 하는 이야기가 거짓은 아니었다. 그러나 몇 달을 살지 않아 알게 되었다. 한국도 공화국도 비슷한 양의 거짓말을 한다는 것을. 한국은 천국도 지옥도 아니었다. 지옥이라는 사람도 있고 천국이라는 사람도 있었지만, 천국이라는 사람들은 지옥에 갈 사람들이었다. 남조선은 천국이 아니라 천국의 이면이었다. 그런데 수지는 마치 눈으로 보거나 만진 사람처럼 자유라고 했다. 그가 아는 한 남조선에서는 돈이 없다면 자유도 없었다. 자유는 남조선에 오는 아이들이 맨 처음 가지는 꿈같은 것이라고 생각했다. 시간이 흐를수록 꿈이 사라지듯이 자유도 사라질 것이었다. 그걸 자유라고 할 수 있을까. 그 자유를 버리는 것만이 유일한 자유일 것이었다.

다행히 아내와 만났던 레스토랑 허브는 그 자리에 있었다. 병욱은 7번 출구 근처의 허브라는 레스토랑으로 오라고 문자를 보냈다. 그다음 **코**에게 전화를 할 차례였다. 아무것도 모르는 척, 놀란 척해야 한다고 자신에게 몇 번 타이른 후 통화 버튼을 눌렀다. 부탁한 전화번호가 보위부 간부의 전화라고 하자 **코**는 말도 안 되는 소리라고 했다. 어디서 들은 것이냐고 따졌다. 그는 단둥의 친구에게서 들은 소식이라고 얼버무리며 몇 번 전화를 해도 그 집 전화였다는, 듣지도 않은 말을 보탰다. 부족하다면 더 알아보게 하겠다는 말도 잊지 않았다. **코**는 그럴 필요는 없다고 내일 안으로 수고비가 입금될 것이라며 전화를 끊었다. 심 실장의 부탁이었다면서 심 실장에게 알아보겠다는 말도 없었다. 최소한 심 실장의 부탁은 아닌 게 분명했다. 그리고 단둥의 친구라는 말을 듣고도 전혀 반응이 없는게 김 주임을 알고 있는 것 같지는 않았다. 겨우 그 정도밖에 알아낸 게 없지만 그 정도에서 마무리하는 것도 나쁘지 않았다.

수지는 숨을 헐떡이며 들어왔다. 강하고 부드러운 눈빛과 곧게 뻗은 코가 볼 때마다 눈에 띄었다.

"안녕하세요?"

들릴 듯 말 듯 인사를 했다. 그는 일부러 환하게 웃으며 탁자 위에 놓인 메뉴판을 수지 앞으로 밀었다.

"몇 번 만났는데 제대로 된 밥도 못 사준 것 같아서. 맛있는 것 먹어."

"오늘은 별로 안 먹고 싶어요."

수지는 살짝 메뉴판을 밀며 인상을 찌푸렸다. 느낌이 이상했다.

"니가 그러면 나도 못 먹는데. 간단한 거라도 하나 시켜."

병욱은 다시 수지에게 메뉴판을 내밀었다. 수지는 미간을 잔뜩 찡그리더니 메뉴판을 제대로 보지도 않고 말했다.

"해물스파게티로 할게요."

진짜 먹고 싶은 생각이 없는 모양이었다. 그도 똑같은 걸 시켰다. 꾸역꾸역 먹은 밥이 후회되었다. 수지는 배는 고프지 않지만 목이 마르다는 듯이 앞에 놓인 물잔을 비웠다. 종업원이 쪼르르 다가와 물을 채우고 돌아갔다. 분명히 할 말이 있을 것 같은데, 수지는 아무 말이 없었다.

"이게 어쩌면 마지막 만남이 될지도 모르겠다. 다음 달쯤 나는 이곳에 없을 거야."

"여행 가시게요?"

수지가 놀란 듯 물었다.

"난 한국 떠난다."

병욱은 자기가 한 말에 스스로 놀라 물을 마셨다. 수지가 무슨 일인지 궁금하다는 듯이 눈을 동그랗게 뜨고 물었다.

"어디로?"

"이곳은 말이다."

그는 공화국으로 귀국한다는 말을 꾹 삼키고 이곳에 오면서 생각한 것들을 말했다. 지옥 같을 때도 있고 천국 같은 곳도 있지만 천국이라고 한 사람들이 거의 다 지옥에 갈 것 같은 나라라고 했다.

"세상엔 천국도 지옥도 존재하지 않아요. 그저 자유가 있냐, 없냐의 차이일 뿐이죠."

"그럼 이 나라에 자유는 있고?"

수지가 대답하기 전에 스파게티가 나왔다. 병욱은 포크를 잡으면서 수지의 대답을 기다렸다.

"최소한 북한보다는 많아요. 여기는 능력만 있다면 무엇이든 할 수 있으니까."

"넌 북한이란 말을 자연스럽게 사용하네."

병욱이 나무라듯이 말했다. 공화국은 그 말을 인정하지 않는데 남조선 사람들은 꼭 그 단어를 사용했다.

"그건 북에서 남조선이란 말을 사용하는 것과 같죠."

수지는 미간을 찡그리며 불만스럽다는 듯이 말했다. 그런 것도 같아 그는 다시 하던 이야기를 계속했다.

"그 능력이란 게 타고날 때부터 정해져 있는데도."

"돈이나 사회적 지위가 모든 걸 결정하는 건 아니잖아요. 이 나라는 돈이 아니라도 가치 있는 게 많아요."

"돈보다 가치 있는 게 뭔데?"

병욱은 따지듯이 물었다.

"인권…."

수지가 우선 생각나는 게 그것뿐이라는 듯 말꼬리를 흐리며 스파게티 면을 집어 올렸다.

"사람에게 인권이 있으면 나라에도 국권이라는 게 있어. 니가 공화국에 있을 때 세상이 미국식으로만 바뀌는 건 문제가 있다고 세계 인류를 위해 미국을 견제할 필요가 있다고 했다는데."

스파게티 면을 입에 문 수지의 눈이 동그래졌다.

"누가 그래요?"

"그것까지는 모르겠고. 그런 말 한 적이 없어?"

"했어요. 북한이 얼마나 거짓말을 하는지 몰랐던 때였으니."

수지의 얼굴이 발갛게 물들었다. 화가 난 것 같기도 했지만 부끄러워하는 것 같기도 했다.

"넌 어떻게 공화국을 거짓말로 인민을 속이는 나라로만 생각하냐. 모든 사회주의 나라가 쓰러질 때 그래도 혼자 살아남아 미국을 견제하고 있는 자랑스러운 나라잖아."

"저도 한때는 그렇게 생각했지만 지금은 아니에요"

"아니라니?"

병욱이 따지듯이 물었다.

"미국을 견제한다는 건 명분이고 김씨 일가의 권력 유지를 위해 이천만 명의 인민이 희생하고 있는 거죠."

수지의 손끝이 조금씩 떨렸다. 남조선 보수주의자들의 논리 그대로였다. 미국을 견제하거나 사회주의 체제를 유지하기 위한 어쩔 수 없는 방법이라고 하면 중국은 개방 개혁 경제를 해서 잘 살지 않냐고 할 것이었다. 사회주의 체제의 우월성을 가지고 이 아이를 설득할 수는 없을 것 같았다.

병욱은 테이블에 놓인 물을 반쯤 마시고 내리면서 천천히 빈정거리듯 말했다.

"그래서 아픈 부모님이 너를 찾아도 돌아가지 않겠다고?"

병욱의 말이 끝나기도 전에 수지가 울 듯이 말했다.

"아저씨 저의 부모님을 이곳으로 오게 해주세요. 제발 부탁이에요."

음식이 담긴 접시 위로 결국 수지의 굵은 눈물이 떨어졌다. 그렇게 간절히 원하면서도 가지 않으려는 이유가 무엇일까. 13국 국장의 딸이라면 이렇게 돌아가지 않겠다고 버틸 것까지는 없었다. 13국 국장 역시 직접 연락할 수 있는 방법을 두고 지령을 내릴 것 같지는 않았다. 그러니까 13국 국장과 이 아이는 아무 관계가 없는 것이다. 그렇게 생각을 정리하자 마음이 편해졌다.

"부모님은 이미 감시의 대상일 텐데. 어떻게 쉽게 올 수 있겠어? 니가 가는 게 낫지."

눈물이 뚝뚝 흐르는 수지의 눈이 금방이라도 빠져나올 듯이 흔들렸다. 한 번 더 세게 밀어붙여야 한다, 병욱은 자신의 생각을 감추느라고 물을 한 모금 마셨다.

"아버지가 아프고 어머니가 사람을 보내 돌아오라고 하는데… 거기 가면 종합대학에 편입도 하고. 자유라고 하지만 남조선 정부가 주는 떡밥일 텐데 고작 그것 땜에 안 가겠다고 하니, 부모님은 두 번 배신당하는 기분일 거다."

"그 말을 믿으세요? 만약 돌아간다면 부모님과 저 모두 처벌받을 거예요."

"13국에서 내린 지령이니까 믿어도 돼. 오히려 니가 안 돌아간다면 처벌받으실 거야."

"13국이요? 그게 뭔데요?"

"상해직할시 무역 총괄국이야."

수지의 손끝이 와들와들 떨렸다. 떨리는 걸 감추려고 포크를 잡았는데 접시에 포크가 부딪혔다.

"그 사람들을 어떻게 믿으라고."

"공화국 말은 무조건 안 믿네. 송경산이라는 분 알지?"

"네?"

수지의 눈동자가 날카로운 것에 찔린 듯 바르르 떨렸다.

"아버지신가?"

"아니에요. 저의 아버진 송유동이에요."

수지가 포크를 내리고 쏘아보았다. 한 마디만 더하면 일어날 듯한 표정이었다.

"송유동이든 송경산이든, 니가 돌아가지 않는다면 부모님은 처벌받으실 거야."

수지는 고개를 숙인 채 꼼짝을 하지 않았다. 분명히 뭔가가 있지만 더 다가가기가 겁이 났다.

"만약 돌아가기 싫다면 니가 알고 있는 탈북 대학생들의 명단과 그 동향을 적어 와."

병욱은 단둥에 가서 할 구두 보고가 생각났다. 뭔가 새로운 것이 필요했다.

"제가 그걸 어떻게…."

수지가 터무니없다는 듯이 고개를 들었다.

"아니면 부모님이 교화소로 가시거나 더한 벌을 받으시겠지."

병욱은 점점 차가워지는 자신을 느끼며 말했다. 더한 벌이 무엇인지 그건 말하지 않아도 알 것이었다. 수지의 얼굴이 딱딱하게 굳어졌다. 맑고 하얀 두 눈이 공포로 얼어붙고 있었다. 곧 펑펑 눈물을 쏟으며 도와달라고 할 것이었다. 그는 이미 퍼진 스파게티를 한 가닥 포크로 말아 입에 넣고 창 쪽으로 눈을 돌렸다.

"부모님 소식 전해주셔서 고맙긴 한데 아저씨 말을 다 믿지는 않겠습니다."

수지가 눈물을 닦으며 또박또박 말했다. 예상 외의 말이었다. 자신의 말을 믿지 않겠다니, 순간적으로 화가 났다.

"너 부모님 부탁이라 힘들게 찾았더니 아무 말이나 막 하고."

그는 눈을 부릅뜨고 수지를 쳐다보았다.

"며칠 전에 창주 만났는데 아저씨 같은 분 만난 적 없다고 하던데요."

"난 그 아이의 정확한 이름이 기억나지 않는다고 했는데 니가 창주라고 했지."

병욱은 미리 준비해둔 말을 했다.

"제 본명을 알고 있는 애는 창주뿐이에요. 그래서 아저씨가 진짜 우리 엄마를 만났는지 확인하고 싶어서…."

수지가 눈물을 닦고 빤히 바라보았다. 병욱은 일단 수지의 시선을 피했다. 목이 마른 듯 물잔을 들면서 수지의 저 말은 사실일까, 의심했다. 사실이든 아니든 수지의 다음 말을 기다리기로 했다.

물을 다 마실 때까지 수지는 아무 말도 하지 않았다. 빈 물잔을 들여다보고 있는데 전화벨 소리가 났다. 당황한 표정으로 자리에서 일어난 수지는 화장실 쪽으로 걸어가며 전화를 받았다. 친구를 만나고 있다는, 밝은 척하는 수지의 목소리가 들렸다. 귀를 기울였지만 상대방의 목소리는 들리지 않았다.

변심

핸드백 두 개와 명품 시계, 화장품의 힘은 컸다. 노조 간부가 공항 면세점에서 산 영수증을 공개하자 노조를 비난하는 여론이 뜨거웠다. 예상은 했지만 예상보다 더 뜨거웠다. 침묵으로 대항하던 노조지도부가 기자회견을 예고했다. **코**는 곧 파업을 철회할 것 같다는 보고서를 올렸는데, 파업 철회가 아니라 그 영수증에 대한 해명이었다. 처음 나간 해외여행이고 어머니 칠순 선물로 사 온 거라고 하자 비등했던 여론이 순식간에 가라앉았다. 오히려 그런 사실을 동의 없이 빼간 정보기관의 불법성이 도마에 올랐다. 불법시위를 주동하고 있는 사람들이 불법 운운하는 건 적반하장이라고 맞섰지만 여론은 달라지지 않았다. 그때 첩보가 들어왔다. 어머니의 칠순은 여행 2년 전이었다는 것이다. 실제 나이와 호적 나이가 달라 일어난 일이었다. 증거로 그때 찍은 사진도 보내왔다. 사진은 합성인지 흐릿했지만 이미 거짓 해명에 발목이 잡힌 상태였다. 그렇게 바닥을 드러내고서야 파업은 끝났다. 자기 관리를 철저히 하는 사람도 돈과 여자, 자식 문제에는 허점이 있었다. 그건 누구나 다 그랬다. 거의 모든 문제가 그 부분에서 시작되고 그 부분에서 끝났다. 이번에도 마찬가지였다. 예전 같으면 온 세포가 뜨거워졌을 일인데 지금은 시들했다. 그게 수지 때문인지 아니면 그런 일에 익숙해서인지는 그도 알 수 없었다.

다음 주 화요일이 아버지의 생신이었다. 며칠 전에 엄마가 올 수 있냐고 조심스럽게 물었다. 안전부에 취직을 하고는 늘 바쁘다고 했다. 사실 바쁘기도 했다, 업무용 전화기로 끝도 없이 정보원들과 취재원들의 보고가 올라왔다. 파업 종료 후에는 별일 없음이라고 하는 게 거의 대부분이 었지만 아직 한 가지 일이 남아 있긴 했다. 며칠 전에 베이징 대사관에 근무하는 조선족 에게 수지가 부탁한 전화번호를 넘겼다. 교육생 신원확인용 번호라고 둘러댔더니 몇 시간 뒤에 바로 연락이 왔다. 결번이라는 것이다.

결번이라고? **코**는 믿을 수 없다는 듯이 되물었다. 요즘 평양에 휴대폰 보급이 늘고 인터넷 선이 깔리면서 집 전화번호도 많이 바뀌었다는 것이다. 믿을 수도 믿지 않을 수도 없는 답이었지만 믿기로 했다. 이제 남은 건 보위부 간부의 집 전화번호라고 한 그 새끼였다. 시건방지게 누구 부탁인지 묻기까지 하고는… 이 새끼를 두고 봐야 하나 당장 잡아와 족쳐야 하나… 분명 그 생각을 하고 있었는데 정신을 차리고 보면 수지 생각을 하고 있었다.

조금 한가해지자 수지 생각이 더 많이 났다. 집만 나오면 그

애에게 전화를 하고 싶었다. 마음이 두근거리기까지 했다. 진작에 수지를 끌고 모텔이라도 가지 못한 게 언제부터 후회되었다. 지금은 너무 늦었다. 강제로 그런 일을 했다가는 자신의 목이 먼저 달아날 것이었다. 지난 토요일에 평양집 전화번호는 결번이라고 이미 말했는데, 그 핑계로 또 만날 수는 없고, 바람이라도 쐴 겸 본가에나 갔다 오는 게 나을 것 같아 어제 휴가를 신청했다.

혼자 가는 게 싫어서 아내에게 같이 가자고 했다. 아내는 눈을 휘둥그렇게 뜨고 물었다.

"당신이 광주 집에 간다고?"

"아들이 아버지 생일에 집에 가는데 왜 그렇게 놀라?"

코는 아내에게 제법 화를 내는 척했다.

"생신이신데 빈손으로 갈 수 없으니까 하는 말이죠."

아내는 능숙하게 말꼬리를 돌렸다.

"미리미리 좀 챙기지. 아직도 그걸 일일이 말을 해야 하나. 이번에는 내가 현금 준비했어. 그냥 가자고."

당신 부모 챙기는 것 반만 하라는 말은 하지 않기로 했다.

광주까지는 오고 가는 데 다섯 시간, 갔다 오면 그래도 하루가 갈 것이고, 내일쯤은 수지에게 연락을 해도 될 것 같았다.

아내가 준비를 마칠 때까지 그는 소파에 멍하니 앉아 있었다. 고통을 참는 것처럼 고개를 무릎 가까이 숙이고 숨을 힘겹게 내쉬었다. 업무용 전화기가 울렸다. S노조의 조직부장과 진보당의 간부가 만나고 있다는 것이다. 따라가 보라고 했다. 노조들은 목이 수백 개인 히드라처럼 생명력이 강했다. 한두 사람 집어넣는다고 해산하거나 위축되지 않았다. 상처가 훈장인 것처럼 더 당당해졌다.

부친 생신이라 광주에 좀 갔다 올게.

그는 전화를 한 후배에게 문자를 보내고 마른세수를 했다.

"조그만 더 기다려. 아, 왜 이리 화장이 안 받지."

아내의 초조한 목소리가 들렸다. 그는 더 이상 기다리기 싫어 자리에서 벌떡 일어났다.

"차에서 기다릴게."

"무슨 차?"

"무슨 차는, 내 차지."

그는 시큰둥하게 대답을 하고 집을 나섰다.

코에겐 차가 두 대였다. 한 대는 공무원 신분에 맞는 낡은 SUV, 한 대는 장인이 사준 아내의 BMW 디젤 차였다. 아내가 학부모나 친구들 모임 때 주로 이용하는 것이었다. 학교에서는 **코**를 사업하는 사람으로 알고 있었다. 아내는 굳이 숨길 필요는 없지만 더 높은 사람이 되면 모를까 지금은 사업한다는 게 더 잘 먹힌다고 했다. 안전부 가족답다고 했지만 어쩐지 투명인간이 된 기분이 들 때도 있었다.

그가 지하 2층에 있던 차를 몰고 와 아파트 입구에서 잠시 기다리자 낡은 소렌토에 전혀 어울리지 않는 옷차림의 아내가 나왔다. 얼마 전 대기업 간부에게 선물로 받은 몇백만 원짜리 핸드백도 들고 있었다.

"그건 왜 들고 나와. 다른 거 들고 와. 어디 가는지 잊었어?"

코가 고함을 질렀다. 아내가 잠시 노려보더니 그대로 굳은 얼굴로 걸어와 차문을 열었다.

"차에다 두고 가면 되지."

그럴 걸 왜 들고 다니는지 묻고 싶었지만 한마디도 하지 않았다. 하고 싶지도 않았다. 아내가 처제에게 전화를 걸어 집에 와서 아이들을 봐달라고 할 때도 듣고만 있었다. 수지 생각이 안 나서 다행이었지만 그렇다고 기분이 좋아진 것도 아니었다. 휴게소에 들러 화장실에 가고 둘이서 커피 한 잔을 나눠 먹은 게 유일한 대화였다.

"이거 어머니에게 드려."

그는 미리 준비해둔 봉투를 내밀었다. 삼십만 원이 든 봉투였다. 아내는 흘겨보듯이 쳐다보면서 봉투를 받았다. 그는 못 본 척 아무 말도 하지 않았다. 그것뿐이었다. 수지를 알고 난 다음부터 아내에게도 감정이 없어졌다. 만사가 덤덤했다.

아버지의 아파트로 들어서는데 전화가 울렸다. 과장이었다. 그는 손짓으로 아내에게 먼저 내리라고 했다. 아내가 아파트 현관 안으로 들어서는 걸 보면서 전화를 받았다.

"너 이 새끼, 지금 당장 와."

과장은 다짜고짜 욕부터 했다. **코**는 귀에서 전화기를 좀 떼며 고개를 갸우뚱거렸다. 며칠 전에 지도부가 구속되는 걸로 파업은 완전히 끝났고 아직 특별한 일이 없었기 때문이었다.

"지금 광주에 내려왔습니다. 오늘 휴가라고 말씀드렸는데."

"광주가 아니라 지구 반대쪽에 있어도 세 시간 내로 들어와. 휴가라는 말이 입에서 나와?"

과장이 전화를 끊었다.

"무슨 일인데."

아내가 놀란 눈으로 돌아보았다

"비상이야. 올라가 봐야겠어."

"지금?"

아내가 눈이 휘둥그레져서 물었다.

"세 시간 안으로 들어오래. 나 지금 올라가 봐야 해. 당신은 기차 타고 와야겠어."

"나도 지금 갈 거야. 가서 인사만 드리고 가자."

"그럼 당신 혼자 갔다 와. 나는 차 안에 있을 게. 뭘 좀… 생각을 정리할 게 있어. 나 왔다 하지 말고."

그는 코를 몇 번 만지며 말했다.

과장은 북한 노동당 기관지를 얼굴에 뿌렸다.

"남조선 안전부 직원이 탈북자를 매수해 보위부 간부와 접선하려 했다고 대서특필했다. 그 정보원의 이름이 남철수란다. 남철수가 누군데?"

과장의 눈에 파란 불이 보였다. 조금이라도 거짓말을 하면 물어뜯을 것 같았다.

"접니다."

"너 죽고 싶냐?"

코는 슬로우 비디오를 보는 것처럼 과장의 하얗고 고운 손이 자신의 뺨으로 다가오는 것을 두 눈을 뜨고 지켜보았다. 아픈지는 모르겠는데 숨이 막혔다.

"너 왜 함부로 신분을 노출시키는 거야? 죽고 싶어? 환장한 거야?"

과장이 뚫을 듯이 그를 노려보았다. 목이 졸리는 기분이었다. 뭐라고 해야 하는데 온몸이 얼어붙어 한마디도 할 수 없었다.

"보위부 간부와 접선하려고 했다는 게 사실이야?"

한 번도 상상해본 적이 없는 장면이지만, 무슨 일이 벌어졌는지 당장 감이 왔다.

"아닙니다. 전화번호를 알아봤을 뿐인데, 착오가 있었던 것 같습니다."

코는 사무실이 쩡쩡 울릴 정도로 대답했다.

"한 마디로 북한 애들한테 놀아난 거네. 누구 부탁이야?"

과장은 눈 한번 깜짝이지 않고 밀어붙였다.

"3년 전에 탈북한 대학교 1학년입니다."

"여자지?"

과장이 다 알고 있다는 듯이 물었다.

"네. 그렇습니다."

같이 자기라도 한 것처럼 얼굴이 붉어졌다.

"쓸 만한 애네. 니가 살고 싶으면 확실하게 해. 무슨 말인지 알지?"

"네."

과장이 자신의 머릿속까지 들여다보겠다는 듯이 쏘아보았다. 몸이 바싹바싹 마르는 것 같았다,

"병신 소리 안 들을려면 니한테 물먹인 놈들도 같이 조져. 알았어?"

코는 천천히 사무실 계단을 내려왔다. 다리가 후들거려 빨리 걸을 수가 없었다. 손도 떨려 겨우 전화기를 꺼내 병욱에게 전화를 걸었다. 옆에 있으면 목이라도 비틀어 죽이고 싶었다. 전화기를 부술 듯이 손에 힘이 들어갔다.

다시 생각하니 직접 전화를 할 일은 아닌 것 같았다. 그는 급하게 전화를 끊고 병욱의 담당경찰서 보안과로 전화를 했다. 소재를 빨리 파악해서 1시간 내로 연락하라고 하자 형사는 무슨 일이냐고 물었다. 내가 이 응급상황에 이유까지 설명해야 합니까. **코**의 말에 형사는 조금 당황하며 먼저 전화를 끊었다. 뭔가 이상했는데, 긴급상황을 응급상황이라고 한 게 생각났다. 쪽팔리게, **코**는 침을 뱉었다. 무슨 낌새를 채고 어디로

숨은 건 아닐까, 한 번 더 침을 뱉었다. 이 새끼 어디에 있든 가만두지 않을 거다, **코**는 이를 갈았다.

그는 감기가 걸린 듯 코를 훌쩍이기도 하고 콧방울이 아픈 듯 어루만지다가, 빠른 걸음으로 차가 서 있는 곳으로 갔다. 그까짓 탈북 대학생에게 빠져 자신이 무슨 일을 했는지, 달콤하게 목을 조여왔던 연애의 느낌에서 구역질이 났다. 운전석에 오른 그는 약간 상기된 얼굴로 수지에게 전화를 했다.

"아, 아저씨."

여전히 기다렸다는 듯 반가운 목소리다. 이 세상에 자신의 전화를 그렇게 받아준 사람은 아무도 없었던 것 같기도 하다. 그게 너무 좋았지만 지금은 아니었다. 나불거리는 그 혀를 뽑아버리고 싶었다.

"아저씨 아는 사람이 탈북 대학생들 설문조사를 하고 싶다는데 도와줄 수 있지?"

코는 차가와지는 목소리를 감추려고 마른기침을 두어 번 했다.

"설문조사요?"

수지가 이상한 듯 조심스럽게 물었다.

"니들이 사는 집도 봐야 하기 때문에 방문을 해야 한다는데."

"그분들이 누구신데요? 저 요즘 늦게 오는데."

내키지 않는다는 듯이 물었다.

"재단 사람들이지. 탈북 대학생들 지원 문제 때문인가 봐. 시간 한번 내봐."

수지는 조금 망설이다가 말했다.

"금요일 오후에 오시라고, 다섯 시쯤이요."

코는 수지의 대답을 듣자마자 인사도 없이 전화를 끊고 차를 급하게 출발시켰다.

경계

머리 밑으로 기차가 지나가는 것 같았다. 4층 아래에서 나는 소리인 줄 알면서도 주영은 매번 창밖으로 머리를 내밀어 확인을 했다. 20리터도 더 되어 보이는 커다란 여행용 가방이 터질 듯했다. 그것뿐 아니었다. 그보다 작은 가방과 종이 상자도 몇 개나 되었다. 아침 7시 이후에 지정된 장소에 옮기라고 해도 소용이 없었다. 도저히 그때까지 참을 수가 없다는 것이다. 청진, 삼지연, 회령, 혜산… 어디서 왔건 어디로 가건 기대와 두려움이 뒤섞인 그들은 밝고 들뜬 모습이었다.

유니원에서 공부하는 게 너무 좋다고 일 년만 여기서 공부하면 좋겠다던 선주 씨도 퇴소 며칠을 앞두고는 공부가 손에 잡히지 않는 듯 들뜬 분위기였다. 경기도에 열 평 조금 넘는 임대아파트를 배정받았고 대학 진학 준비를 하겠다고 했다. 4명이 함께 쓰는 숙소에서 밤늦게까지 불을 켜기가 힘들어서 화장실 변기에 앉아 공부를 한 것도 알 만한 사람은 다 알고 있었다. 그녀는 유니원이 생긴 이래로 가장 공부를 열심히 한 사람이었고 상과 상금을 가장 많이 받은 사람이었다.

유니원에서 준 단체복을 벗고 시장 체험에서 사 온 앵두빛 원피스와 흰 카디건을 입은 선주 씨는 오랫동안 팀장과 작별 인사를 하고 있었다. 이제 퇴소 때 하는 인사는 듣지 않아도 알 수 있었다. 집은 어디로 배정받았냐고 대부분 물었다. 보는 사람마다 그렇게 물었을 텐데 대답하는 사람들은 그때마다 즐겁다는 듯이, 그곳이 천국인 것처럼 서울, 광명, 의정부, 대전, 구미, 여수 등 도시 이름을 말했다. 한 사람에게 여러 번 묻는 것도 흔한 일이었다. 팀장 역시 몇 번이나 물어놓고 또 어디에 배정받았냐고 물었고 선주 씨는 그 질문이라면 천 번은 더 답을 할 수 있다는 듯이 수원이라고 했다. 팀장은 좋은 데 받았다고 한 뒤 수원에는 삼성이라는 우리나라에서 제일 큰 회사가 있다고 했다. 보통은 그 정도에서 끝이 나지만 선주 씨와의 인사는 조금 더 길었다. 그녀가 유니원 문예대상을 받은 까닭이었는데, 대상을 받은 것 때문이 아니라 그 글이 이제껏 대상을 받은 글들과 차원이 다르다고 한 담당과장의 심사 소감 때문이었다. 이제 대부분의 사람들은 선주 씨를 예비 작가로 대접했다. 팀장 역시 선주 씨의 글이 점점 좋아지고 있다며, 이후에도 기대한다고 긴 인사를 하고 있었다. 그 글은 『엄마의 말뚝』을 밑줄 그어가면서 읽고 난 후, 어떤 글을 써야 하는지 알았다며, 얼굴이 상기되어 가져온 글이었다.

건물 뒤편 운동장엔 서울 경기도 전라남북도 부산이라 적힌 팻말이 몇 미터 간격으로 서 있었다. 주영이 담당한 곳은 충청남북도였다. 유니원을 떠나는 사람들이 경기도 다음으로 정착하기를 희망하는 곳이었다. 25인승 버스가 두 대 왔다. 충청남도와 북도로 나누어 짐을 실었다. 충청남도인지 충청북도인지 여전히 헷갈려하는 사람들이 이 차를 탔다 저 차를 탔다. 충청남도의 차에 짐을 두고 충청북도 차에 타는 사람도 있고 그 반대의 경우도 있었다. 몇 번 그러다 보니 제대로 앉은 사람까지 술렁거렸다. 유토피아를 찾아가는 듯 들떠 있던 사람들의 얼굴이 두려움으로 조금씩 굳어졌다. 몇 번이나 말해줬는데도 충남과 충북도 구별하지 못하는 사람들이 대한민국이라는 미로를 빠져나갈지 걱정스럽긴 했다.

부산 경남 대구. 멀리 가는 순서대로 출발했다. 전북 지역에 이어 충남행 버스가 출발했고 그다음 충북행 버스가 떠났다. **코**에게서 문자가 또 왔다. 이때까지 받은 문자보다 하룻밤 사이 받은 문자가 더 많았다. 지금 출발한다는 간단한 답을 보내고 어제 **코**가 준 서류 봉투를 챙겼다. 그 안에 무엇이 들었는지 그는 말하지 않았고 수영도 묻지 않았다. 물어도 말하지 않을 것이라고 생각했다.

그는 어제저녁 예고도 없이 찾아와 유니원에서 300미터쯤 떨어진 화훼단지 입구에서 만나자고 했다. 아무도 모르게 조용히 나오라는 말도 덧붙였다. 무슨 일이 일어났음을 직감했다. 무엇인지 알 수 없지만 **코**에게 한 발 더 다가서는 것 같았다. 사랑은 아니지만 어쩌면 사랑보다 더 끈적끈적한, 두근거리긴 하나 행복하지 않은 그런 관계가 될 것 같았다. 이제 **코**의 마음에 자신의 자리를 마련한 것 같기도 했다.

코는 B5 크기의 서류 봉투를 주면서 수지의 집에 가서 이것저것 묻고 메모하는 척하다가 눈에 띄지 않는 곳에 넣으라고 했다. **코**의 심부름을 하기보다는 수지를 만나는 게 더 반가웠다. 그룹홈의 수녀님이 그렇게 칭송하고, 그가 그렇게 보고 싶어 하는 수지가 어떤 애인지 늘 궁금했다. 단지 **코**가 하라는 일이 출판사 일처럼 특정 세력에 대한 비난이 아니라 수지 개인에 관련된 일이라는 게 마음에 걸렸지만 더한 일이라도 거절할 수는 없다고 생각했다.

지하철역에서 수지의 아파트는 멀지 않았다. 황량하긴 했지만, 스물한 살 난 여자아이가 15평 아파트를 가지고 있다는 게 솔직히 부러웠다. 원룸은커녕 반지하에도 못 살고 고시텔을 전전하던 친구들도 있었는데 북한에서 왔다는 이유로 이런 대우를 받는다는 건 특혜라는 생각이 들었다. 혜택을 많이 받았으니, 무슨 일인지 모르지만 **코**의 일로 어려움을 조금 겪어도 될 것 같기도 했다.

벨을 누르자 수지는 기다리고 있다는 듯 문을 열었다. 작고 하얗고 야윈 아이였는데 눈만 반짝였다. 흰 티셔츠 위에 끈 원피스를 입고 노랗게 염색한 머리를 뒤에서 자연스럽게 묶어 멋을 낸 모습이었다. 가는 손목엔 실 팔찌가 두세 개 걸려 있고 손가락은 양말짝도 빨 수 있을까 싶을 정도로 가늘었다. 그렇다고 예쁜 얼굴도 아니었다. 첫사랑이었다는 **코**의 말이 믿기지 않았다.

"기다리고 있었습니다. 재단에서 오셨다고."

밝고 울림이 있는 목소리였다. 작은 몸집과 달리 단단한 내면이 느껴져 수지를 쳐다보고 싶었지만 참았다. 집안 이곳저곳을 둘러보는 척하라던 **코**의 말이 생각나 베란다 쪽으로 걸어갔다. 건조대에 한두 개씩 걸려 있는 수건 양말 속옷 스타킹을 보니 빨래가 아니라 외로움이 걸린 듯해서 짠한 느낌이 들긴 했다.

"냄새 좋네. 라일락인가…."

베란다 쪽으로 목을 빼고 한마디 했다. 건조대 옆에 시들어가는 연보라색 꽃이 몇 개 달린 라일락 화분이 있었다.

"북한에선 수수꽃다리라고 하는데 저의 집에 있던 나무였습니다."

수지가 쟁반에 받친 커피를 들고 들어오면서 남남하게 말했다.

"부모님 생각 많이 나겠네요."

주영은 짧게 묻고 커피를 한 모금 마셨다. 커피는 싱거웠다.

"너무 많이 생각나서 이젠 같이 사는 것 같아요. 혼자 중얼거리기도 하고."

금방이라도 눈물이 뚝뚝 떨어질 듯한 말이었지만 수지는

웃고 있었다.

“참 뭘 묻고 싶다고 하셨어요? 대학 와서 달라진 점요?”

수지는 쓸데없는 말을 했다는 듯 말머리를 돌렸다.

“맞아요. 중고등학생과 대학생의 어려움은 다를 것 같아서.”

코에게 미리 들은 이야기였다.

“대학 와서 변한 거라면 공부는 어려워도 한국의 문제가 뭔지 알게 된 거예요.”

수지가 웃었다.

“한국의 문제?”

“학비가 비싸고 명품을 너무 좋아하고 너무 예쁘고. 아, 그건 꼭 나쁜 점이라고만 할 수 없는데, 조선적인 걸 잃어버린 것 같아요.”

그녀는 수지가 말하는 것을 수첩에 적었다. 적는 척한다는 게 적고 있었다.

“가족 없이 지내는데 가장 큰 어려움은 뭐죠?”

“외로움하고.”

수지가 말하기 곤란한 듯이 입을 다물었다.

“이야기해 봐요. 후배들에게 도움을 줄 수 있을 거니까.”

다 식은 커피를 한 모금 더 마셨다.

“죄책감이에요. 저 때문에 부모님이랑 가족들이 어떻게 됐는지 모르겠어요. 저는 이렇게 하고 싶은 공부를 하는데.”

수지가 눈물을 참는 듯 고개를 돌렸다.

"아직도 모른다고요?"

"부탁은 했는데…."

"내가 아는 사람이 안전부에 다니는데… 부탁해볼까요?"

슬쩍 수지의 마음을 떠보았다.

"아니에요. 저도 아는 분이 있어서."

수지가 말을 흐렸다. 수지가 아는 사람은 **코**일 것이다. 주영은 표정을 감추어야 할 것 같아 서류를 내려다보고 물었다.

"성북구의 한 그룹홈에 갔는데 수녀님이 학생을 엄청 칭찬하더라고요."

"아, 토마 수녀님요? 성당 안 다닌다고 많이 혼났어요."

수지가 지금 생각해도 힘들었다는 듯 이마를 문질렀다.

"수녀님이랑 살면서 성당을 안 갔다고요? 지내기 힘들었을 텐데. 왜 그랬어요? 다들 교회랑 많이 다니던데."

주영은 의아해서 물었다.

"저하고 잘 안 맞는 것 같아요. 억지로 믿으라고 하니까 더 다니기 싫고."

주영은 이 작은 아이가 보기와는 다르게 차갑고 단단하다는 생각이 들었다. 아니 뜨겁고 단단한 느낌이었다. **코**가 이 아이를 좋아한 이유가… 주영은 미끄러지는 의식을 붙잡아 급하게 물었다.

"그런데 학생은 어떻게 왔어요?"

"아빠 따라 나왔다가 북한으로 들어가기 싫어서…."

"평양에서 살았다니까 굶지는 않았을 거고…."

"네. 먹고사는 데는 어려움이 없었지만 중국에 와서 보니 북한이 너무 한심하고 드라마나 방송을 보니 한국에 너무 가고 싶었어요. 똑같은 말을 사용하는 것도 신기하고…."

이해를 할 수 있다는 듯 고개를 끄덕거렸지만 쉽게 이해되지는 않았다.

"후회하지 않아요?"

조금 예민한 질문이라 망설이다 했는데, 수지는 당황해하는 것 같지는 않았다.

"부모님이 너무 보고 싶은데 다시 돌아가고 싶지는 않아요."

수지는 처음이 아니라는 듯 담담하게 대답했다. 주영은 고개를 끄덕거렸지만 이번에도 그 말이 완전히 이해되지는 않았다.

"대부분 먹을 게 없거나 남한에 먼저 온 가족의 권유로 온다는데 학생은 가족도 없고 굶지도 않은 것 같은데…, 그렇게 보면 우리나라에 와서 굳이 나아진 것도 없을 것 같아서…."

수지가 자주 들었다는 듯 고개를 끄덕거렸다.

"먹고사는 것만 문제가 있는 건 아니에요. 공화국에선 사람들이 각자의 속마음조차 털어놓지 못하거든요. 주체적이지 못한 내용이라 발설하는 즉시 비판받아야 하니까."

"주체적이지 못하다는 게 뭔지…, 많이 듣긴 했는데."

주영은 정말 궁금해서 물었다.

"별거 아니에요. 외국여행을 하고 싶다거나 안전원들이 보기 싫다거나 당 기념일에 꽃 바치는 게 너무 싫은데도 누구보다 먼저 꽃을 들고 가는 것도 지겹고. 핵무기 만들 돈 조금 떼서 인민들을 위해 사용했으면 싶고… 장군님에 대한 불만은 말할 것도 없지요. 속마음을 숨기고 산다는 게 너무 힘들었어요."

주영은 그럴 수 있겠다는 듯이 고개를 끄덕거렸다.

"그럼 그곳에선 어떡해야 하죠?"

"그저 장군님께 감사하고 미국을 깨부수어야 한다는 말만 하죠. 세계에서 제일 힘센 나라와 맞선다는 게 공화국의 가장 큰 통치전략인 것 같아요. 공화국이 무너지면 세계가 큰일 날 것처럼."

수지가 말을 하다 말고 눈길을 돌렸다. 이해하지도 못할 말을 너무 많이 했다는 표정이다. 사실 말을 안 듣는 것보다야 듣는 게 나았지만 듣는다고 그들이 완전히 이해되는 선 아니었다.

"학생은 뭘 하고 싶어요?"

"여러 가지 생각을 하고 있는데 무슨 일을 하든 북한 사람들이 자신들이 하고 싶은 일, 하고 싶은 말을 편하게 하는 세상이 왔으면 좋겠어요. 먹는 것도 중요하지만 말하는 것도 너무 중요한 것 같아요."

"말이라고요?"

"네. 북한에서는 고맙다, 행복하다는 말만 한 것 같아요. 진짜 하고 싶은 말은 하나도 못하고."

이번에도 수지는 말을 하다 말았다. 말을 해도 이해 못할 거라는 듯, 미간까지 조금 찌푸렸지만 주영은 고개를 끄덕였다. 조금은 이해할 수 있다는 듯. 그러니까… 수지는 말을 찾아 날아온 한 마리 파랑새 같은 애였다. 이런 아이도 있구나, 또 다른 세계를 마주한 기분이었다. 말이 궁해 커피잔을 만지작거리고 있는데 가방 안에 든 전화가 울렸다.

뜻밖에도, 아버지였다. 주영은 전화를 받으면서 자리에서 일어났다. 수지가 화장실에 들어가는 게 보였다. **코**가 준 봉투는 TV장식장 뒤에 떨어뜨리면 될 것 같았다. 아버지는 약간 취기를 풍기며, 누굴 만나야 하는데 그 사람 선물을 사야 한다고 했다.

"누구라고요?"

주영은 그 자리에서 멈춰 섰다.

"너 할아버지 딸하고 그 아들. 북한에서 왔단다."

"네?"

너무 큰 소리를 했는지 수지가 화장실에서 급하게 나와 손에 든 봉투를 빤히 바라보고 있었다.

"제가 조금 있다 할게요."

코가 준 봉투는 가방 안에 다시 넣을 수밖에 없었다. 계면쩍은 기분에 가방 속을 뒤적거리다 그룹홈 방문 때 사용하고 남은 명함을 꺼냈다.

"혹시 힘든 일 있으면 연락 주세요."

"재단에서 오신다 했는데 유니원에 계시네요. 저도 거기 있었는데, 제겐 고향 같은 곳이에요"

명함을 본 수지가 이를 드러내고 웃었다.

아파트를 나오자 보고 있었다는 듯 **코**에게 문자가 왔다.

잘했어?

코에게 보내는 문자는 늘 어려웠는데 이번에는 바로 보냈다.

못했어요.

문자를 보내자마자 전화가 왔다.

"다시 들어가서 해."

코의 목소리는 낮고 딱딱했다. 화가 많이 난 것 같았다.

"그게…, 좀…."

수영은 못하겠다는 생각에 놀라 우물쭈물 말을 더듬었다. 다시 들어가서 하겠다는 말이 목구멍까지 올라왔는데, **코**의 고함소리에 놀라 전화를 끊었다. 이게 진짜, 겁대가리도 없이, **코**는 분명 그렇게 말했다.

4

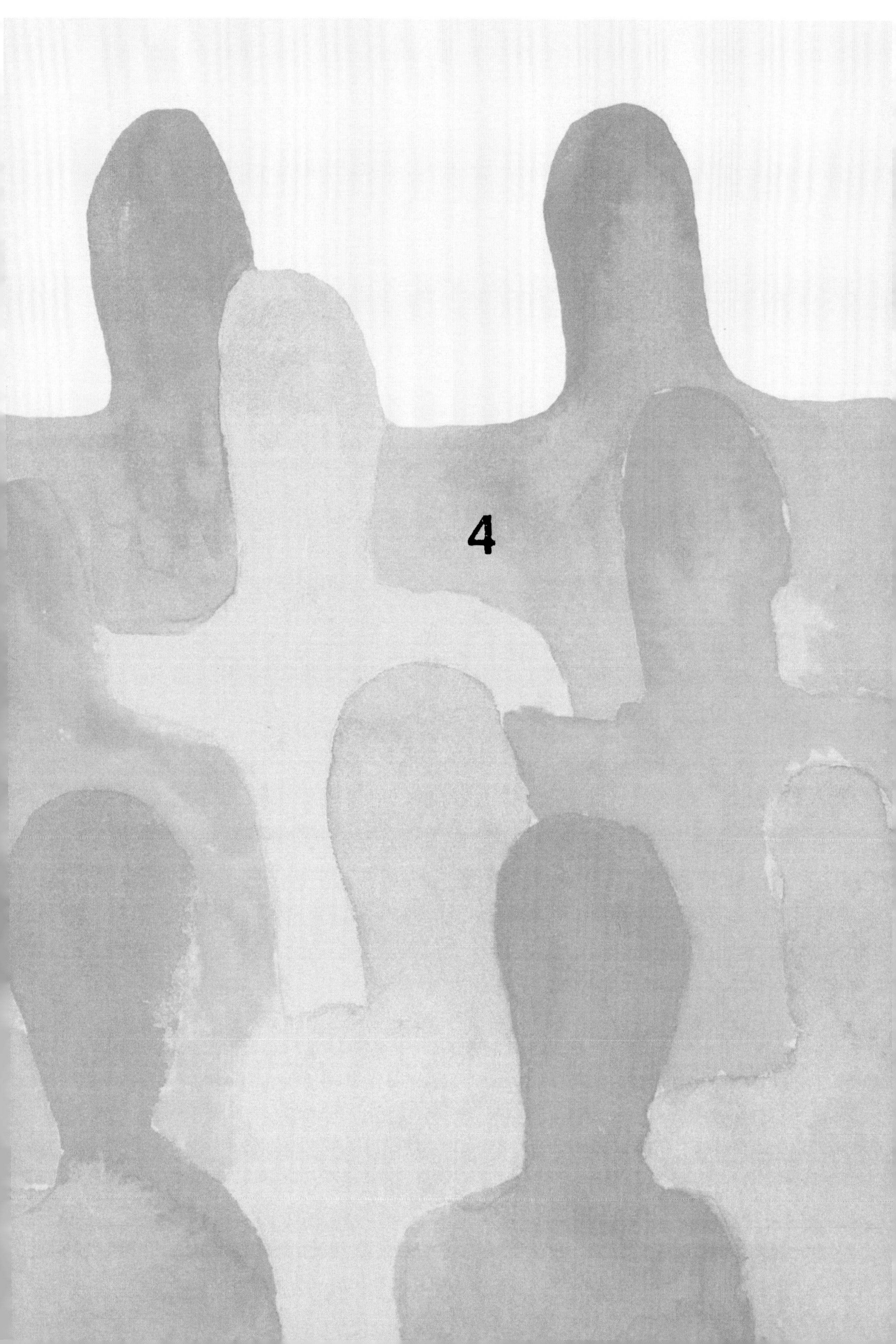

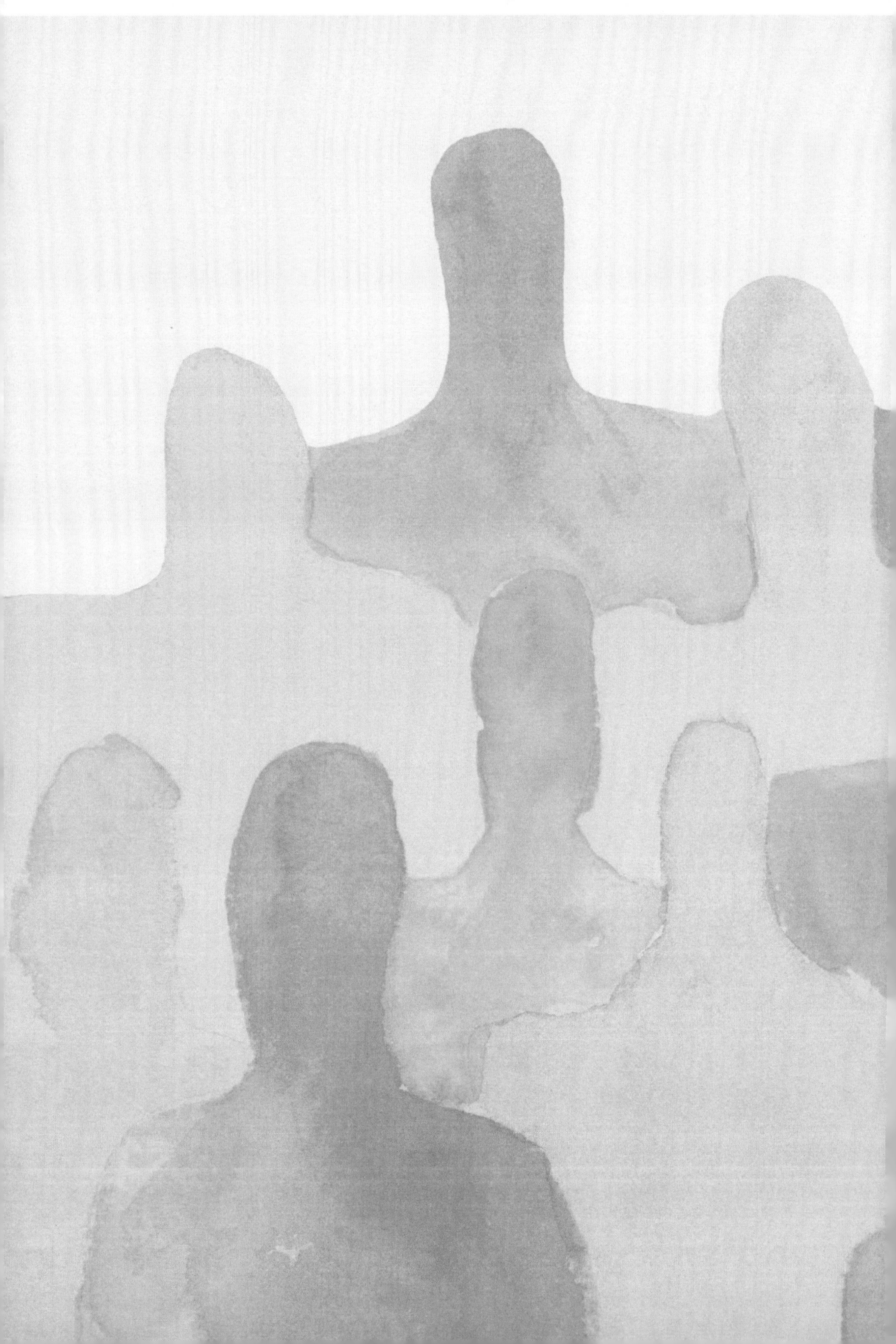

선주 씨의 글

아침 6시다.

부엌에서는 구수한 강냉이 쌀 익는 냄새가 풍겨왔다. 거슴츠레 눈을 떠보니 올케가 부엌에서 아침식사 준비에 여념이 없다.

감자를 사정없이 쪼각내는 칼도마소리는 가락맞는 음률로 내 귀를 자극시킨다. 그 소리에 어울려 흥얼흥얼 올케의 콧노래 소리가 바람처럼 실려 온다. 나는 그 음조에 박자를 맞추며 거슴츠레하던 무거운 눈까풀을 서서히 들어 올렸다. 두리두리한 두 눈과 입술 옆에 붙어 있는 까만 점이 풍만한 체격과 쾌활한 성격에 잘 어울려 늘 집안의 분위기를 환기시켜주는 고마운 올케이다.

"철이야—, 철이 엄마—"

누군가 대문을 쾅쾅 두드렸다.

"누구야? 아침부터."

이른 새벽부터 들리는 여인의 고성방가는 이 아침 올케의 즐겁던 마음을 싸늘히 식혀주었다. 올케의 투덜대는 소리와

따각따각 슬리퍼 끄는 소리가 거의 동시에 들려왔다. 뒤이어 귀 익은 시끌한 인민반장의 목소리가 올케의 어깨를 너머 방으로 날아들어 온다.

"나 반장이다. 어제 밤 보안서에서 연락이 왔는데 철이 고모를 아침 9시까지 보안서에 도착시키라고 하더라. 고모보구 꼭 가야 한다구 전해라 "

올케에게 하는 말이련만 방 안의 내가 들으라는 듯 우정 강조하는 어투다.

"예, 알았습니다."

누워서 그들의 말을 엿듣던 나는 순간 가슴이 뜨끔했다.

'보안서? 또 찾는구나, 이번에 가면 또 뭐라고 할까?'

태산 같은 근심이 확 밀려와 금방까지도 즐거운 음조에 약박으로 가락을 맞추던 심장박동이 대번에 '쿵, 쿵' 강약으로 넘어갔다.

'휴—' 한숨이 나왔다.

보름 전 나는 당장 거주지로 돌아가라는 담당 보안원의 불 같은 독촉을 받았다. 속수무책으로 바질바질 가슴을 끓이는 동안 보름이 얼른 지나가 버렸다. 그런데 오늘 또다시 그 무서운 촉수가 나를 향해 손을 뻗치고 있다. 죽도록 가기 싫은 보안서지만, 분명히 불벼락이 기다리고 있을 테지만, 누구의 영이라고 거역하랴!

벌써부터 등골이 섬뜩하고 건방진 자세로 허리에 한 손을 척 없은 채 사나운 매눈을 희번뜩하며 온갖 손가락질과 유치한 욕설로 얼굴을 벌겋게 달군 담당 보안원의 모습이 눈앞에 얼른거려 와락 이불을 뒤집어썼다.

짙은 어둠이 꽉 덮힌 얼굴로 터벅터벅 무겁게 옮기는 나의 발걸음은 사형장에 끌려가는 사형수의 걸음 못지않게 느리다. 두려운 시야에 가마리 같은 강을 사이로 서로 마주 앉은 두 마을과 그를 이어주는 무지개 줄다리가 한 폭의 그림마냥 안겨오고 그 뒤로 보안서 건물이 멀즈넉이 보인다. 흔들흔들 줄다리를 타고 건너려니 마치 내 운명도 이 줄다리마냥 중심을 잃고 흔들거리고 있지 않나 하는 생각이 든다.

어느새 보안서 건물 앞에 와 섰다.

내 키의 두 배도 훨씬 넘는 높은 콩크리크 담벽, 그 우에 길게 늘어선 전기 철조망들, 록색 철대문에 커다랗게 박힌 붉은 오각별, '혁명의 수뇌부 목숨으로 사수하자!'라는 슬로건이 철대문 위에 우뚝 솟아 있다. 왠지 이 건물은 겉모습만 봐도 온 몸이 오싹해진다.

사람들은 안전복(경찰관)을 입은 보안원들이 멀리서만 보여도 피하군 한다.

그들이 허리에 찬 권총이 무서운 것이 아니라 금방 심장이라도 비틀어 뽑을 듯 날카롭고 예리하게 상대의 발끝부터 머리끝, 마음속까지 샅샅이 훑어내는 그들의 눈빛이 싫어서이다.

그 뒤를 따르는 추악한 욕설들, 제제조치들에 아비규환하며 그들 앞에 자신들을 공공연히 내세운다는 것이 매우 위험한 행동이란 것을 모르는 사람이 없다. 이들은 우리들에게 짜증스럽고 두려운 폭력의 도구들이다. 나는 범의 아가리에 발을 넣는 것만 같은 두렵고 께름한 마음을 눅잦히며 보안서 철대문을 밀었다.

'삐이익—'

심장을 갉을 듯한 아츠러운 소리가 고막을 때리더니 동시에 ㄷ자 모양의 건물이 나를 당장 잡아먹을 듯한 자세로 내려다 보고 있었다. 경비원인 듯 싶은 젊은이가 경비실에서 비딱한 자세로 나를 아니꼽게 쳐다보더니 시끄럽단 표정으로 밖으로 나온다.

"어디서 왔어?"

"○○에서 왔습다. 담당 보안원 동지가 찾는다고 해서 왔습다."

"이름 뭐야"

"김숙이입다."

그는 흔들흔들 거들먹거리며 경비실 안으로 들어갔다. 마치 제가 이 건물의 최고권력자라도 되는 듯 으시대려는 심보가, 특히 이 건물에 찾아오는 인간들은 모두 자기의 존재를 우러러보아야 한다는 듯한 그 거동이 오히려 그의 졸렬함을 더 북돋아준다. 나는 그의 일거일동에 따라 눈빛의 율곡을 마음대로 그으며 이제 어떤 말이 튀어나와 내 귀를 자극시킬까 긴장되었다.

야밤에 청승맞게 울어대는 귀뚜라미 울음소리마냥 곧 수화기에서 찌르륵—, 찌르르륵— 번호판 돌아가는 소리가 들리고 뒤이어 좀 전의 역겨운 행동과는 완전 반비례하는 온화하고 부드럽고, 비굴해 보이는 듯한 경비원의 목소리가 울리더니 "야, 들어가!" 하고 손짓한다.

괜히 심장은 모래불에 던져진 붕어새끼마냥 팔딱팔딱. 사무실 청사 가까이로 조심히 발걸음을 옮기는데 맞은편 현관에서 멱 찌르는 듯한 소리가 총알처럼 날아온다.

"야! 이리 와!"

치째진 눈가에 독기가 역역히 서린 표정을 하고 서 있는 담당보안원의 모습이 나를 당장이라도 구류장에 처넣을 자세다. 그 서슬 푸른 위상에 기가 눌린 채 나는 얼른 달려가 깍듯이 인사했다.

"안녕하십니까?"

"안녕? 너 같은 시끄러운 것들이 있는데 어떻게 안녕할 수가 있어? 야! 너 이 간나새끼, 내 말이 말 같지 않아? 엉? 왜 아직두 안 가구 있어? 언제까지 뻗힐래? 엉? 너 이 간나— 새끼, 중국 달아날 궁리하는 게 아니야? 엉?"

만나서 첫 말부터 쌍욕이다. 역시 이 사회에서 흔하디흔한, 죄인 아닌 죄인들을 다루던 비법이 잠자리 날개마냥 씨너벌거리는 입을 통해 남김 없이 발휘된다.

"아닙니다."

나는 목을 움츠리는 자라처럼 기어 들어가는 소리로 대답했다.

"아니문 왜 아직두 여기서 기신거려? 엉? 자기 거주지에 가서 살란 말이야? 이 간나새끼야~ 남편이 고쟁이야?"

배타적이고 가시 같은 욕설로 나의 감정을 마음대로 푹푹 찔러놓으며 붉그럭푸르럭 하던 그 얼굴에 그 어떤 음침하고 야비한 비웃음이 떠돌았다.

순간 모닥불을 뒤집어쓴 듯 얼굴이 화끈 달아올랐다. 마치도 이 냉혈동물 같은 사나이 앞에서 옷을 홀랑 벗은 채 보이지 말아야 할 깊숙한 곳을 샅샅이 신체검사 당하는 듯한 모욕감이 들었다.

"야! 이 간나새끼야, 그리문 가서 이혼하든지 아니문 그냥 거기서 살든지 할 것이지 여기 와서 애비, 에미한테 얹혀서 꼴 좋다."

연속되는 비양조며 더러운 욕설이 온몸에 구정물을 씌우는 것만 같다. 나는 점점 더 머리를 수그렸다. 눈가엔 참지 못할 분노와 모멸감이 눈물 되어 가랑가랑 맺혔다.

"야! 너 인차 선거한다는 소리 들었어? 못 들었어? 엉?"

숨 쉴 틈도 없이 재차 다그어 대며 눈을 부라린다.

"들었습…."

말끝이 채 마무리도 되기 전에 또다시 멱 따는 소리가 귀청을 찢는다.

"오~, 그럴 테지! 잘 놀아대는구나? 그 소리 듣구두 여직까지 뻗치구 있었구나? 엉? 선거할 때 인구 조사 한다는 걸 뻔히 알면서 그냥 뻗친단 말이지? 엉? 쌍년 같으니… 어째, 구류장에 들어오지 못해 오육이 쑤시나? 엉? 구류장 맛을 좀 봐야 정신 들겠어? 엉?"

자기의 위력시위를 한껏 발휘할 이 좋은 기회를 어찌 놓치랴! 마음껏 지껄이고 마음껏 짓뭉개도 반항 한 번 할 줄 모르는 죄인들을 다루던 솜씨가 이 순간 잠자고 있을 리 만무하다.

"너 이 간나새끼! 똑똑히 들어라, 내 한 번만 기회를 더 주겠다. 너 삼 일 안으루 여길 떠나라, 오늘이 26일이니깐 29일까지 무조건 사라져라! 그렇지 않으문 이번엔 진짜 용서 없다. 그때 가서 징징 짜야 아무 소용 없다. 무조건 집결소에 보낼 테니까. 들었어?"

"예!"

분명 아무런 대책도 없으련만 빨리 이 순간을 모면하고픈 생각이 내 입을 본능적으로 동작시킨다.

집으로 돌아오는 나의 마음은 천근만근 무거웠다. 강물 위에 둥둥 떠다니는 거품처럼 오락가락하다가 어느 순간에 사라질지 모르는 내 운명, 비록 오늘 내 육체는 몽둥이로 맞지는 않았으나 정신적으론 벌써 초죽음을 당했다.

'이젠 어떡하면 좋담….'

교화소보다도 더 악착한 집결소에 대해 거기에 끌려갔다 온 동네 언니 이야기를 듣던 일이 생각난다. 저들의 요구대로 빨리빨리 움직이지 않는다고 임신된 여성의 머리채를 잡아 피터지도록 태를 쳐놓고 배를 사정없이 걷어차 그 임신부가 까무라쳤는데도 눈썹 하나 까딱하지 않더라는 소리, 세수도 안 시키고 머리도 못 빗게 하더라는 소리, 인간이 아니라 짐승으로 취급하며 머리부터 몽땅 깎아 던지더라는 소리를 들으며 얼마나 아비규환했던가. 더구나 그 후유증으로 몇 년 동안 고생하던 그 언니의 모습을 보며 얼마나 혀를 찼던가.

그런 집결소에 나를 보내겠다고 한다. 온몸에 독사가 칭칭 감긴 것만 같은 끔찍하고 소름 끼치는 강열한 안타까움이 가슴에 구멍이라도 뻥 뚫을 것만 같다.

보안원들은 맘만 먹으면 나 같은 건 식은 죽 먹기로 집결소에 보낼 수 있는 권한을 가진 자들이란 걸 나는 너무도 잘 알고 있다. 내 운명이 한갖 시골 보안원의 손아귀에 옴메워져 그의 지시봉대로 움직인다는 것이 너무도 가엾고 가혹했다.

'어떡해? 난 이젠 어데서 살아야 하나? 내가 있을 곳은 과연 어디야?'

눈앞이 캄캄했다. 가지도 있지도 못하는 호미난방 격인 내 처지!

귀향길에 오른 지도 어느덧 2년이란 세월이 흘렀다. 후회와 좌절의 눈물 속에 꽃같이 아름답던 나의 얼굴엔 주름살이 그물처럼 뒤덮였고 버들잎같이 매력 있던 눈썹과 눈 귀는 저울추라도 매달린 듯 아래로 축 내리처지고 처녀시절 항상 새물새물 웃던 나의 눈엔 절망과 고뇌의 빛이 짙게 어려 있다. 빨간 앵두같이 타오르던 내 볼에는 파리똥 같은 주근깨가 다닥다닥 붙어 있다. 멋진 유머로 항상 상대에게 기쁨을 주던 입은 천연자물쇠가 걸린 듯 굳게 다물렸고 어깨죽지는 데쳐놓은 시래기 모양이고 기운 빠진 걸음씨는 60대의 늙은이의 모습이다.

왜 여직껏 말 한 마디 없었느냐, 그동안 어떻게 견디었느냐, 세상에 둘도 없는 일등 바보라는 소리 듣기를 그 얼마! 절대로 다시는 못 보낸다는 부모님들의 확고한 결심, 일가친척 모두의 간절한 바람, 고민! 고민! 고민!

그런데 그런 곳으로 나를 다시 가라고 한다. 법이라는 몽둥이를 휘두르며 나의 의사와는 관계없이 무조건 보내려 한다. 내가 나서 자란 내 고향인데도 다시 와서 살지 못한다. 내 엄마 아빠가 계시는 나의 고향집인데도 살 수 없다고, 안 가면 집결소에 보낸다고….

천 리도 넘는 시집으로 다시 간다는 것도 기막힌 일이지만 일단 가기만 하면 국경이라고 여행증도 발급해주지 않아 함부로 오기도 힘든 나의 친정집!

'아! 내 팔자는 왜 이리도 사나울까? 산다는 것이 왜 이리도 지겨우냐? 차라리 죽기보다도 못한 내 인생, 이 땅은 어째서 나에게 고통을 강요하는가?'

나도 인간인데, 자기 운명의 주인은 자기 자신이라고 일생동안 짓궂게도 따라다니며 암송을 강요하던 그 주체란 말은 언제, 어떻게, 누구를 위해서 쓰는 말인가?

괴로운 고통 속으로 나를 떠밀어 보내려는 그 보안원의 살기 띤 모습이 눈앞에서 사라질 줄 모른다. 저런 독사들이 득실거리는 이 사회가 너무도 무서웠다. 싫어졌다. 증오스럽다. 이렇게 살 바엔 차라리 죽는 것이 나은 듯 싶었다. 정말로 지쳐 죽고 싶었다. 나는 견딜 수 없는 기분이 되었다. 길 옆에 순한 소처럼 반듯이 누워 있는 너즈럭한 바위에 엉덩이를 붙였다. 눈보라가 사납게 불어오고 있었다.

휘익—, 돌개바람을 일으키며 떡가루같이 희디흰 눈가루를 사정없이 들씌운다. 옷가락 사이로 눈가루들이 박혀 들어 근심으로 열이 오른 이 몸을 조금씩 조금씩 식혀주려 하건만 나는 오히려 그것이 더 짜증스러워 여기저기 툭툭 털며 그를 배척하고 증오한다.

자기 운명엔 아무런 힘도 기울일 수 없는 문맥한이 그래도 이 순간 눈만은 꼭 이길 수 있다는 자신감이 든 것은 그 눈이라는 존재가 너무도 힘도 없는, 단지 나의 손바람에조차 녹아져 버리는 연약한 성질을 가지고 있다는 것을 잘 알기 때문이리.

나는 두렵고 증오스런 보안원과 눈에 보이는 이 세상에 대한 모든 원망을 전혀 저항조차 할 줄 모르는 눈과의 시시한 전투 끝에 얻은 승리로 다독이며 조금씩 조금씩 걸음을 옮기기 시작 했다. 그런데 그날 저녁, 뜻밖에도 나에게 행운의 손길이 와 닿았다. 열아홉 살 난 조카 영호가 내 귀를 솔깃하게 하는 희한한 소식을 안고 왔다. 조용히 나를 불러내더니, 이모는 지금 여기서 사는 것이 괜찮은가 하고, 나는 이러이러한 결심을 했는데 이모 생각은 어떠냐고, 깊이 생각해보고 만일 결심이 섰다면 ○○날 ○○시까지 ○○에 오라고.

언제인가부터 나 모르게 가슴 한구석에 큰 자리를 차지하고 앉아 있던 열망에 불이 달렸다. 나는 정신을 번쩍 차렸다. 왠지 그런 심중한 일을 거미가 실을 뽑듯 슬슬 뱉어내는 조카의 말이 좀 경한 듯 싶어 그에게 말했다.

"이런 일은 순간에 결정한 일이 아니잖아? 그렇게 서두르면 내가 어떻게 결정하겠니? 그리도 급하게 해야 하니?"

나의 물음에 그는 조용히 이렇게 대답했다.

"이틀 전 국가보위부에서 몇백 명이 여기 국경으로 내려왔습다. 이제부터 국경을 완전 봉쇄하려고 최신식 기계 설비들을 가지고 왔담다. 국경 주변 사택들을 완전 철거시키고 거기에 구축물을 설치하고, 이제부턴 누구도 연선 주변에 얼씬도 못 하게 한담다. 사실 시간이 없습다. 그들이 금방 손을 쓸 검다. 그러니깐 빨리 움직이지 않으문 이젠 영 길이 막힐 수도 있슴다. 더는 못 가구 여기서 짐승처럼 살다가 죽을지도 모름다."

모든 준비는 이미 전에 다 해놓았으니 다른 걱정은 하지 말라고, 우리가 두만강만 무사히 넘으면 중국에서 마중 나오는 사람들이 있다고, 시간, 장소까지 다 약속돼 있다고.

더 이상 이 땅에 설 곳을 찾기 힘들었던 나에게 다행이라 아니 할 수 없었다.

단둥으로 가는 두 가지 방법

단둥으로 가는 방법은 두 가지, 비행기를 타고 다롄에 가서 버스를 타거나 인천연안부두에서 페리를 타고 단둥으로 가는 것이라고 했다. 병욱은 백두산 가는 단체 관광객을 따라 다롄으로 해서 단둥에 가는 방법을 선택했다. 비행기를 타고 다롄으로 가는 방법을 바꾼 것뿐인데, 대동강무역의 김 주임은 남조선에서 오는 애들은 하나같이 그 모양이라며 못마땅해했다. 배는 멀미 나서 못 타겠고, 단둥에서 두 밤이나 잔다고 하자, 김 과장은 그 두 번이 문제라며, 백두산까지 가지 말고 단둥에 닿거든 바로 대동강무역으로 오라고 했다. 일단은 그러겠다고 했지만 마음은 백두산에서 내려오는 길에 대동강무역으로 가고 싶었다.

배낭과 크로스백 하나를 꺼내놓고 짐을 챙기고 있는데 여행사에서 문자가 왔다. 백두산은 서울보다 20도 가까이 낮다고 두꺼운 점퍼와 스웨터를 준비하라고 했다. 두꺼운 점퍼도 스웨터도 다 버리고 없었다. 긴팔 남방셔츠와 약간 두꺼운 바지를 배낭 안에 넣고 조선에 꼭 가져가고 싶은 노트북을 크로스백 안에 넣었다. 그 안엔 보위부에 보고할 여러 가지 정보들이 들어 있었다. 그의 가장 큰 변화는 이제 종이에 글을 쓰는 것보다 컴퓨터에 글을 쓰는 것이 편하다는 것이다. 휴대폰도 챙겼다. 조선에 들어가면 사용하지 못한다 해도 김 주임을 만날 때까지 필요했다. 남조선에 와서 가장 좋을 때가 그 휴대폰을 살 때였다. 그 순간이 아직도 잊히지 않았다. 휴대폰을 사고 난 다음 전화할 데가 없어 더 외로웠던 기억도 생생했다. 충전기는 일부러 찜질방 수면실에 꽂아두었다. 누군가 그 충전기를 사용한다면, 조금 과장되긴 하지만 자신의 심장이 누군가의 몸 안에서 뛰고 있는 것과 비슷한 느낌일 것이라고 상상했다.

안전부의 **코**에게서 한 번, 동부서의 담당 경찰관인 김 경장에게서 여러 번 전화가 왔다. 제주도 가는 배 안이라 전화가 잘 터지지 않는다는 거짓말을 준비한 후 전화를 했다. 김 경장은 별일은 아니고, 안부 전화를 한 거라고 돌아오는 대로 얼굴 한 번 보자고 했다. 알았다고 했지만, 어쩐지 불안했다. 아무에게도 조선으로 돌아간다는 말을 한 적은 없지만 수지에게 그런 암시를 준 적도 있었고 보위부의 누군가 안전부에 팔아넘길 수도 있고, 무엇보다 **코**가 무슨 일을 꾸밀 수도 있었다. 그런 소문들을 들은 적도 있었으니 그는 집을 나와 찜질방을 전전하였다. 이렇게 말하고 보니 무척 초조한 것 같지만 그렇지만도 않았다. 설레는 기분이 더 많았다. 그것이 귀국 때문인지 여행 때문인지 알 수 없었다. 귀국 때문인 것 같기도 하고 여행 때문인 것 같기도 했다. 남조선은 돈을 빌려서라도 여행을 가라고 권하는 나라였다. 처음에는 미친 소리처럼 들리더니, 어느 순간 그도 여행이라는 걸 하고 싶었다. 돈 들고 나가다 쓰고 빈손으로 돌아오는 일인데, 어쩌자고 그 일이 하고 싶은 건지, 그 마음을 감추느라 쩔쩔맸다. 단체 관광객을 따라나선 이유도 진짜 멀미 때문인지 그 자신도 조금 헷갈렸다.

출발 전날 혼자 인천공항에 가서 모이는 장소를 확인하고 왔으니 그렇게 서둘 일은 아닌데도 출발 세 시간 전에 그곳에 닿았다. 그는 혼자라서 조금 신경이 쓰였는데 다른 사람들은 별 관심이 없어 보였다. 그것까지는 좋았는데 21명을 10명, 6명, 5명의 팀으로 나누더니, 5명 팀의 조장으로 그를 정해둔 것이었다. 나이가 가장 적다는 게 이유였다. 70대와 60대 부부가 같은 팀이었다. 누구에게 팀장을 넘길까 눈치 보고 있는데 직원은, 함께 밥을 먹고 이동할 때마다 서로 챙기고 출입국 심사를 할 때도 줄을 지어 움직여야 한다고 했다. 생각도 못 한 일이었다. 맙소사, 병욱은 미국놈처럼 어깨를 올리고 손바닥을 보였다. 팀장이 젊어서 좋네, 70대 할아버지가 그 반응이 마음에 든다는 듯 어깨를 툭 쳤다. 그는 혹시나 공화국 사람인게 들통날까 봐 말 한 마디 못 하고 한 번 더 어깨를 올렸다 내렸다.

그는 일행들과 조금 떨어져 대동강무역의 김 주임에게 전화를 했다. 뜻밖의 상황이라 일단 설명을 해야 할 것 같았다.

“그 보라, 동무. 그냥 배 타고 오라니까 멀미니 뭐니 엄살을 피우더니, 노친네들 수발이나 들고.”

김 주임은 쌤통이라는 듯이 와하하 웃더니 다롄 공항에서 택시를 타고 무슨 광장으로 가라고 했다. 그곳에 가면 단둥으로 가는 버스가 많다는 것이었다. 광장 이름을 듣지 못해 물으려고 하는데 같은 조 할아버지가 어서 오라고 손짓을 했다. 그는 공항에서 다시 연락을 하겠다고, 전화를 끊었다.

출국 심사는 까다로웠다. 신발을 벗어 소쿠리에 담고 벨트는 풀고, 두 손을 옆으로 벌리고 전자방망이로 몸 수색을 받아야 했다. 그는 쇠붙이나 폭발 가능한 물건을 들고 타지 않았으나 재입북 계획을 들킬까 봐 불안했고, 그 불안을 감추기 위해 180도로 두 팔을 쫙 벌렸다.

다롄 공항 입구에 여행사에서 준비한 버스가 기다리고 있었다. 택시를 타고 가서 단둥행 버스를 타라던 김 주임의 말이 생각났지만 그 버스를 타고 가는 게 더 빠를 것 같았다. 가이드는 다롄에 있는 공원에 들렀다 단둥으로 간다고 했다. 세계에서 제일 큰 공원이라는 말도 덧붙였다.

진짜 세계에서 제일 큰 공원인지는 모르겠지만 세계에서 제일 큰 책이 있었다. 펼친 책은 새 날개처럼 하늘에 떠 있었고 사람들은 책에 쓰인 움직이는 글자처럼 이 페이지에서 저 페이지로 이동을 했다. 책 위에 오른 관광객들이 두 글자 혹은 한 글자로 된 단어들처럼 멈추어 서서 사진을 찍고 있었다. 병욱은 책으로 치자면 글자가 없는 여백 부분에 삭제될 글자처럼 앉아 있다가 내려왔다. 이제 4시간 뒤 공화국의 품으로 돌아갈 것이라는 보이지 않는 글자를 새긴 후였다.

단둥까지는 4시간, 넓고 곧은 4차선 도로는 막힘이 없었다. 그 좌우로 키만 한 옥수수가 끝도 없이 이어지고 있었다. 저 많은 옥수수를 심는 것도 키우는 것도 수확하는 것도 먹는 것도 경이롭게 다가왔다. 차창에 기대어 바깥을 보고 있었는데 어느 순간 잠이 든 모양이었다. 휴대폰 진동소리에 잠에서 깨어났다. 김 주임의 문자였다. 급한 일이 있어 베이징으로 출장을 간다며 사무실에 이야기를 해두었으니 문 닫기 전에 가면 된다고 했다. 그는 언제 오냐고 다급하게 문자를 했다. 거리도 있고 하니 2, 3일 걸릴 거라고 했다. 알겠다고 문자를 보냈지만 갑자기 출장을 떠난 김 과장이 마음에 들지 않았다. 3년 넘게 김 주임하고만 연락을 했는데 이제 와서 누구를 만나 뭐라고 인사를 해야 할지 난감했지만 누군가 자신을 기다릴지도 몰라 다시 문자를 했다.

관광버스를 탔더니 밤 늦게 닿을 것 같습니다. 내일 아침 일찍 회사로 가겠습니다.

휴대폰 배터리가 간당간당했지만 밤중에 보내는 문자도 바로 확인하는 사람이라 충분할 것 같았다. 그리고 확인만 하면 될 내용이기도 했다. 조선으로 돌아간다는 기쁨을 누르기 위해 물을 한 모금 마시고 의자 깊숙이 등을 묻었다. 잠시 보이지 않던 옥수수 밭이 다시 나타났을 때 문자음이 울렸다.

동무 순 지멋대로인데, 이렇게 자유주의적으로 논 것 잊지 않겠어.

공화국에서 많이 듣던 말이었다. 공화국의 지시에 따르지 않으면 자유주의적으로 논다고 비난받았다. 오늘 밤에 가나 내일 아침에 가나 뭐가 다르다고, 뒤통수를 한 대 얻어맞은 것처럼 얼얼했다. 언제나 당과 공화국이 중요했지 개인의 생각이나 형편은 중요하지 않았다. 당과 공화국의 일꾼으로서 당연한 일이라고 생각했는데 남조선에서 들었던 것처럼 꼭두각시였던 것 같기도 했다. 김 주임의 말대로 자유주의적으로 변한 걸까, 아랫입술을 깨물었다.

더러운 남조선에 너무 오래 있었나 봅니다. 정신개조를 철저히 하겠습니다.

그는 휴대폰 전원이 나가기 전에 문자를 보냈다. 전화기는 부르르 짧게 떨더니 전원이 나갔다. 굳이 확인하지 않아도 김 주임의 답을 알 수 있을 것 같았다. 단단히 각오하라거나, 앞으로 어떻게 하는지 두고 보겠다는 말일 것이다. 어쩌면 한국서 가져온 돈 냄새를 맡았을 수도 있었다. 그중에서 100만 원 정도만 건네면 김 주임은 그의 성과를 엄청 부풀려줄 것이었다. 늘 사회주의 강성대국이라고 이야기하지만 돈이라면 안 되는 것이 없는 나라였다. 그렇게 마음을 정리하고 나니 마음이 편해졌다.

단둥에 닿았을 때는 밤 9시였다. 가이드는 내일 아침 7시에 밥을 먹고 8시에 압록강으로 간다고 했다. 차 타고 갑니까? 고맙게도 일행 중 누군가 물었다. 도보로 갑니다. 모닝콜은 여섯 시. 가이드의 말이 끝나자마자 사람들은 급하게 인사를 한 후 각자의 방으로 들어갔다.

방에 들어서자마자 배낭을 침대 위에 던지고 창가로 달려가 커튼을 걷었다. 건물 사이로 강이 보일 거라고 생각했는데 강은 보이지 않았다. 큰 병원과 관공서, 쇼핑몰인 듯한 건물들이 겹겹으로 싸여 있었다. 차도 아니고 걸어서 15분 거리에 강이 있다는데, 그는 도저히 참을 수 없어 밖으로 나왔다.

잠시 사이에 거리는 더 깜깜해진 것 같았다. 사거리 건너편에 뚱뚱한 청년이 호텔 쪽을 보고 있었다. 압록강이 어디에 있냐고 물어야 하는데, 어쩐지 조심스러웠다. 가만히 서 있으니 오른쪽에서 강물 소리가 나는 것 같았다. 우체국, 음식점, 옷가게들이 모두 문을 닫았다. 제복을 입은 중국 경찰 두 명이 이야기를 하면서 호텔 쪽으로 내려오고 있었다. 이제 한국 국민이라 중국경찰을 무서워할 필요가 없다고 생각하는데도 등뒤에서 식은땀이 났다. 김 과장의 갑작스런 베이징 출장도 불안을 더했다. 공화국으로 들어가기 전까진 조심할 수밖에 없었다. 그는 중국경찰의 눈에 띄지 않게 다시 호텔로 돌아왔다. 방에 들어오자 아까 들었던 강물소리가 가슴 안에서 나는 것 같았다. 강물소리처럼 가슴이 출렁거렸다.

3년 전 11월 그믐날 밤에 강가로 갔다. 비닐봉지에 신발과 옷을 담고 속옷 바람으로 강가에 섰다. 보위부에서 경비대에 이야기를 해두었으니 염려하지 말라고 했지만 두려움으로 가슴이 쿵쾅거렸다. 압록강을 건넌다는 건 공화국 경비대의 눈을 피하는 것만 있는 건 아니었다. 살얼음이 언 강물을 헤엄쳐 중국의 철조망을 넘어야 했다.

마음을 단단히 먹었지만 상상 이상이었다. 물에 들어간 순간 너무 차가워서 숨이 멎을 것 같았다. 몸을 스쳐 간 살얼음 조각들로 온몸의 감각이 빠르게 둔해졌다. 겨우 강을 건너 비닐에 싸둔 옷을 입고 중국 쪽 철조망을 오르기 시작했다.

철조망만 넘으면 브로커가 기다리고 있다고 했는데 아무도 없었다. 중국공안에게 붙들리면 내보이라는 가짜 허가증을 가지고 있었지만 깜깜한 밤 불빛 하나 보이지 않는 산속에서 누군가를 기다리는 것 자체가 공포였다. 바람에 풀잎 스치는 소리만 나도 곤두선 신경에 몸이 갈라지는 것 같았다. 목표지점도 없었다. 브로커들이 알아서 찾을 테니 멀리 이동을 말고 그 자리에 있으라고 했다. 어디에 갈 수도 없고 가지 않을 수도 없고 두려움으로 몸이 터져 나갈 것 같았다. 숨만 가늘게 내쉴 뿐 손가락 하나 움직일 수 없었다. 그대로 있다간 얼어 죽을 것 같았다. 그 자리에서 죽기는 싫었다. 산을 넘어가면 마을이 있을 지도 모른다는 생각이 들었다. 뻣뻣하게 언 다리를 손으로 끌어다 한 걸음씩 옮기고 있을 때 누군가 뒤에서 낮게 불렀다. 이제 살았구나 싶었는데도 화부터 냈다.

"기다리라 해놓고 이제 나타나면 어떡함매까? 얼어 죽을 지경인데."

"이 동무 말 더럽게 한다이. 중국공안 따돌리고 여기까지 온 게 어딘데. 그냥 얼어 죽게 내버려둘까, 걸을 수 있어?"

브로커는 어둠 속에서 낮고 차갑게 으르렁거렸다.

"다리가 움직이지 않습매다."

자신도 모르게 높임말이 나왔다.

"못 걸으면 업고 가야 하는데 중국 돈으로 오백 더 내놔야 해."

발이 얼 때까지 기다린 것 같았지만 따질 수 없었다. 강을 건너는 순간 다른 탈북자들과 똑같은 취급을 받는다고 한 보위부 간부의 말이 실감났다.

"지금은 없고 남한에 가서 정착비 받으면 주갔소."

그는 진심으로 브로커에게 애원을 했다.

태국에 와서야 발과 손가락에 동상이 걸린 줄 알았다. 그 동상 때문에 그의 탈북 동기를 의심하는 사람들은 거의 없었다. 안전부의 조사관들도 마찬가지였다.

남한에서의 삶은 생각도 하지 않았는데, 고혈압을 앓던 부친이 남조선 약을 먹은 게 발각되었다. 반당행위를 한 아버지 때문에 학교를 더 이상 다닐 수 없었다. 학교를 졸업하고 무역일꾼이 되겠다던 꿈이 산산조각이 났다. 청진시의 당 간부이기도 했던 강좌장(長) 선생님은 3년 정도 유학했다 치고 남조선에 갔다 오라고 했다. 자강도 농장원이나 공장 직원으로 가는 것 보다는 나을 것 같아 가겠다고 했다. 강좌장 선생님이 소개해준 보위부 간부는 남조선 안전부 아이들이 탈북 경로를 꼬치꼬치 캐고 있으니 다른 탈북자처럼 혜산으로 가서 브로커를 만나 압록강을 건너라고 했다. 혹시라도 모르니 중국 공안에게 체포될 경우 사용할 수 있는 북한 외교관 신분증을 하나 만들어주었지만 붙잡히지 않은 경우는 사용하지 말라고 했다. 그 신분증에는 이름이 병욱이라고 되어 있었다. 남조선에서 사용할 이름이라고 했다. 그리고 유니원을 무사히 퇴소하면 연락할 대동강무역 김 주임의 전화번호도 받았다. 반드시 외우라고 했다.

떠나기 전날 만난 보위부 동지는 딱 한마디 했다.

"동무, 남조선이 살 만하다면 거기서 적응하고 살아라. 동무하고 연락이 되는 한 동무의 아버진 어떤 경우가 있어도 죽게 하지는 않겠다."

적응이라는 말에 등골이 서늘해졌다. 어떻게 남조선 괴뢰도당의 소굴에 적응을 하란 말인지, 그는 꼿꼿하게 차렷 자세를 하고 고함을 질렀다.

"혁명과 민족 해방을 위해서 가는 것이지 아버지 때문에 가는 건 아닙니다. 만약 배신한다면 저를 처단해주십시오."

자신이 지른 고함 소리에 놀라 자다 깨어난 게 한두 번이 아니었지만 압록강이 보이는 단둥에서도 그 고함소리에 잠을 이루지 못할 줄은 몰랐다.

아침 일찍 호텔을 나섰다. 텔레비전 앞 테이블에 메모를 간단하게 남겼다. 급한 일이 생겨 같이 출발할 수 없을 것 같다는 내용이었다. 일행들이 자신 때문에 피해를 보지 않았으면 한다는 말을 지우고 절대 찾거나 기다리지 말란 말을 덧붙였다.

이동통신회사, 병원, 백화점을 지났다. 어느 학교에서 운동회 준비를 하고 있었다. 아직 날이 완전히 새기 전인데도 똑같은 운동복을 입은 아이들이 학교 교문이 미어터지게 들어가고 있었다. 곳곳에 계란빵이나 국수를 파는 포장마차가 보였다. 장을 보고 오는 아주머니도 있었다. 신호등 건너 시장이 있었던 것 같았다.

길 건너 붉은색 옷을 입은 사람들이 모여 운동을 하고 있었다. 흐르는 강물처럼 천천히 손동작을 하고 있었다. 움직이는 손 사이로 강물이 보였다. 그는 크게 숨을 내쉬고 강 옆으로 난 2차선 도로를 건넜다. 이른 아침부터 관광객들이 표지판 앞에서 사진을 찍고 있었다. 한자로 쓰인 압록강이었다. 등산복을 입은 여자가 휴대폰을 내밀며 사진을 찍어달라고 했다. 병욱은 찍는다는 말 한마디 없이 사진을 찍고 휴대폰을 건넸다. 여자의 뒤로 압록강 철교를 본 순간 철교를 지나가는 차의 진동처럼 심장이 떨렸다. 오로지 저 다리를 건너기 위해 서울을 떠나왔다. 새처럼 날아가 저 다리를 건널 것이라고 생각했는데 다리가 점점 무거워졌다. 꼭꼭 숨겨둔 생각이 불쑥 떠올랐다. 대한민국은 천국 같기도 하고 지옥 같기도 한데 공화국은 천국일까 지옥일까, 모든 인민이 쌀밥에 고깃국을 먹는 사회주의 천국을 이루겠다는 장군의 말은 남조선에 와서 보니 코미디였다. 쌀밥과 고깃국만으로 이루어지는 천국은 이 세상에 없었다.

6시 45분. 일행들이 식당으로 오지 않은 그를 찾아 방문을 두들겼을 것이다. 아무 반응이 없자 가이드에게 그 사실을 알렸을 거고 누군가 문을 열고 그가 남긴 메모를 발견했을 것이다. 그는 조금 더 빠른 걸음으로 강을 따라 올라갔다. 강변에 늘어선 집들이 조금씩 줄어들고 사람들도 없었다. 사람들의 눈길이 닿지 않은 강은 더 맑고 푸르게 보였다.

왼쪽으로 쭉 뻗은 도로 사이로 베이징을 바라보고 있는 마오쩌둥의 동상이 보였다. 단둥 역이었다. 그 맞은편에 늘어선 상가는 대부분 문이 닫혀 있을 것이었다. 홍태 슈퍼마켓을 찾으려다 말고 대합실로 들어갔다. 돌아오기에도 떠나기에도 이른 시간이라 대합실도 비어 있었다. 가끔 갈 곳을 잃은 듯 어깨를 웅크린 사람들이 구석에 앉아 있었다. 그도 그 맞은편, 매표소 쪽 구석에 자리를 잡았다. 매표소 왼쪽 벽 전광판 노선도에 환하게 불이 들어와 있었다.

끊지 못하는 전화

주영은 전화기를 들고 그 자리에 서 있었다. 어떻게 해야 할지 어떻게 하면 좋을지 물어볼 사람이 없었다. 고개를 돌리니 수지가 사는 아파트 건물이 보인다. 다시 들어갈까. 다리가 후들거리고 한기도 들었다. 잠시 망설이다, 아파트 관리인이 지켜보는 것 같아 아파트 밖으로 걸어 나왔다.

조금 밖에 걷지 않았지만 더 걷기가 힘들어 버스정류소 의자에 앉았다. 수지가 사는 동네를 떠나면 안 될 것 같기도 했다. 서쪽에서 쏟아지는 오후 햇빛에 목덜미에 땀이 맺혔다. 같은 번호의 버스가 두 대나 지나갔지만 **코**에게는 전화가 없다. 문자라도 할까. 전화기를 내려다보고 있는데 전화가 왔다. **코**가 아니라 명훈이었다. 퇴소 직후에는 일주일에 몇 번씩 전화를 했지만 요즘은 적응을 잘하고 있는지 뜸한 편이었다. 잘 지내면 연락이 안 온다는데 무슨 일이라도 있는 걸까. 주영은 머리가 복잡했지만 마음을 다잡고 전화를 받았다.

"선생님, 오늘 학원서 어떤 사람이, 제가 북한서 왔다니까 빨갱이래요."

곧 울음을 터뜨릴 기색이었다. 그러고 보니 한 달 전에 중학교 과정을 배우는 검정고시 학원에 다닌다고 했던 게 생각났다.

"무슨 일이 있었어?"

"아무 일도 없었어요. 그냥 자기소개 시간이었는데…."

"공부하고 싶어서 왔다고 하지?"

"하긴 했어요. 그래도 너무 무서워요."

"무서워할 것 없어. 남한 사람 중에도 그 말 싫어하는 사람 많아. 너무 신경 쓰지 말고 공부해. 또 그런 말 하면 전화해. 그땐 선생님이 어떻게 해볼게."

명훈이는 조금 진정이 됐는지, 앓지 말라는 인사를 하고 전화를 끊었다.

콧물이 흐르고 머리가 아팠다. 한기가 들고 열도 났다. 월요일 출근을 생각하니 병원에 안 갈 수가 없었다. 의사는 몇 마디 하지도 않았는데 감기몸살이라고 했다. 처방한 약을 기다리고 있는데 **코**에게서 전화가 왔다. 어디냐고, 대뜸 야단치듯이 물었다. 몸살감기라서 병원 왔어요, 목소리가 저절로 목구멍 안으로 기어들어 갔다. 말을 안 들으니까 몸살이 나지. 월요일에 보자. **코**는 바로 전화를 끊었다.

평생 처음 앓아본 몸살 때문인지, 금 토 일 3일을 지났을 뿐인데 월요일의 유니원은 뭔가 달라진 것 같았다. 출근 시간까지 조금 여유가 있어 바람을 쐴 겸 천천히 걸어 운동장으로 갔다. 이미 점호가 끝나 운동장엔 아무도 없었다. 금요일 퇴소하던 사람들의 짐들이 줄을 지어 있던 곳도 선주 씨가 시를 생각하던 곳도 텅 비어 있다. 눌러도 눌러도 누르지 못했던 희망과 기대와 열망으로 타오르던 눈들이 생각났다. 선주 씨는 천국이라고 했다. 지금 그 말을 들었으면, 북한 사람을 위한 천국은 없다고 잘라 말할 수 있을 것 같기도 했다.

사무실에 들어서자마자 기다렸다는 듯 팀장이 불렀다. 수지 일인가 해서 가슴이 내려앉았는데 그건 아니었다. 물품을 담당하던 직원이 어제 맹장염으로 수술을 했다며, 누구든 그 일을 맡아야 할 것 같다고 했다. 주말 내내 몸살로 힘들었다고 해야 하는데, 다른 직원들의 굳은 표정을 보니 이 일을 두고 이미 팀장과 감정이 상한 것 같았다. 이틀 후면 새 기수가 들어올 건데, 그 일을 맡는다는 건 무리였다. 다른 직원들처럼 못 맡겠다고 하면 된다는 걸, 아무리 계약직이지만 그런 일로 불이익을 줄 것 같지는 않았는데, 하겠다고도 하지 않겠다고도 하기 어려웠다. 정 할 사람이 없으면, 거기까지만 말했는데도 팀장은 얼굴이 환하게 밝아졌다.

하루 종일 물품 창고에서 새 기수들에게 줄 물건을 챙겼다. 우산 세제 샴푸 스킨 로션 등 공통적으로 지급되는 것부터 챙겼다. 일 년 전에 그 일을 담당했다는 사감의 도움을 많이 받았다. 창고 바닥에 플라스틱 대야를 놓고 호실별로 공통물건을 담는 걸 가르쳐준 것도 사감이었다. 개인별로 지급되는 물품들을 비닐봉지에 담았다. 다행히 이불과 베개는 청소하는 분들이 미리 방에 넣어놓았다고 했다. 서류를 잘 보관하라는 문자가 **코**에게서 왔다.

몇 대의 관광버스를 나누어 탄 새 기수들이 본관 앞마당에 내렸다. 뼈만 앙상한 할머니와 등에 아이를 업은 엄마도 보였다. 숙소를 올려다보는 그들의 눈길이 새로운 열망으로 뜨거웠다. 그들은 허리까지 오는 커다란 가방을 본관 앞에 모아두고 강당으로 갔다. 주영도 오늘 책임질 열 명의 명단을 받아들고 그들의 뒤를 따랐다. 숙소와 유니원의 시설을 안내해야 할 사람들이었다. 원장님의 환영사가 끝난 후 주영이 담당할 열 명의 교육생들이 밖으로 나왔다. 양복을 입은 남자가 있어 깜짝 놀랐다. 성인남자는 강원도에 교육기관이 따로 있기 때문이었다. 주영이 놀라서 서류를 뒤적이자, 나이 때문이란 걸 알았는지 열아홉이라고 그 옆에 선 여자가 말했다. 열아홉이라면 이곳으로 배정받는 게 맞았다. 그런데 왜 양복을, 주영은 망설이다 물었다. 감색 양복에 붉은색 넥타이를 맨 청년은 얼굴을 붉히며, 북한에서부터 진짜 입고 싶었다고 했다. 내가 취직하거든 하라 해도, 옆에 선 남학생이 눈을 흘겼다. 뭐 어때서, 청년은 가슴을 펴며 여전히 그 옷을 자랑하고 있었다. 멋있네, 주영의 한마디에 청년은 한 걸음 다가와 허리를 숙였다. 어떻게 살아왔는지, 말 한 마디에 온 마음으로 감사를 표시하는 사람들도 있었다.

본관 4층의 병원부터 안내했다. 한 아주머니가 뱃병이 있다며 어떻게 하면 의사 선생을 만날 수 있는지 물었다. 이삼 일 안으로 만날 수 있을 테니 걱정 마세요, 아주머니를 안심시키고. 2층의 강당과 강의실, 1층 식당을 돌아 밖으로 나왔다. 복도에 걸린 팻말을 가리키거나 문을 열고 실내를 확인하는 정도였다. 더 자세한 설명은 할 필요가 없었다. 들어도 기억하지 못하고 듣고 싶어 하지도 않았다. 그들의 가장 큰 관심은 본관 왼쪽에 늘어선 숙소였다.

양복 입은 청년을 포함한 남학생 세 명은 가동 1층이었다. 그중 한 명이 중국에서 오래 살아 출입문 비밀번호를 사용하는 방법을 따로 가르쳐 줄 필요는 없었다. 나동 3층인 선주 씨의 방엔 무산에서 온 광일이와 그의 어머니, 여동생 유정이 들어갔다. 어머니와 여동생은 중국 칭다오에서 생활한 지 3년이 넘었고 광일이는 이번에 무산에서 나왔다고 했다. 몇 년 만에 만난 세 사람은 서로 낯설어하며 웃고 있었다. 어떻게 알았는지 앞 기수 사람들이 문 옆에서 주영이 나가기를 기다리고 있었다. 식사 설명은 안 해줘도 될 것 같았다.

희미하게 노란 조가 섞인 밥, 황태 미역국, 멸치볶음, 동그랑땡 구이, 배추김치가 저녁이었다. 이곳에서 자주 먹는 음식들이지만 그들에겐 유니원의 첫 식사였다. 누군가는 또 북한에 두고 온 가족 생각에 숟가락이 무거웠을 것이고 누군가는 동그랑땡의 냄새가 역겨워 밥을 반쯤 남겼을 것이다.

저녁 식사를 마치자마자 물품창고로 갔는데 사감이 먼저와 있었다. 이제 물건을 나누어주는 건 남아 있는 기수의 충무들과 할 테니 좀 쉬라고 했다. 그래도 되냐고 했더니, 이미 다 나눠놓은 걸 호수별로 지급만 하면 된다고, 일이 있으면 연락하겠다고 했다. 그래도 될 것 같아 창고에서 나오는데 전화벨이 울렸다. 낯선 번호라서 조금 망설였지만, 곧 전화를 받았다. 선주 씨였다. 그래도 기다리고 있었는데, 반가워서 한참 동안 통화를 했다. 끊고 나니 **코**의 전화가 두 통이나 와 있었다. 무슨 일로 전화를 했는지 알 것 같았다.

누군가 문을 두드렸다. 두 번, 아니 세 번인가. 방 안은 숙소 밖 가로등 불빛으로 어둡지 않았다.

"팀장님이 찾으셔. 전화도 안 된다고."

사감의 목소리, 벽에 걸린 시계는 8시 30분, 2시간 가까이 잔 것 같았다.

"피곤해서 무음으로 해두고… 전화 드릴게요."

우선 문을 열어야 할 것 같은데 어지러웠다. 물품창고에서 나올 때부터 열이 올라왔던 게 생각났다. 나 내려간다. 문을 열기도 전에 사감이 먼저 인사를 했다. 세수를 다시 하고, 늦었지만 몸살약도 먹고, 겉옷을 챙겨 입고 나서다가 다시 돌아서 책상 위에 있던 천 가방을 들었다.

팀장은 운동복 차림이었다. 늘 왁스로 뒤로 넘겼던 머리도 감았는지 앞으로 흘러내렸다. 머리 하나만으로 사람이 달라 보였지만, 팀장은 주영이 달라 보인다는 듯 눈을 동그랗게 뜨고 물었다.

"전화는 왜 안받아?"

아, 예, 그냥. 얼버무렸는데 팀장도 더 묻지는 않았다.

"안전부 남 과장이 전화해달라던데. 할 말이 있는데 전화 안 받는다고."

팀장이 궁금하다는 듯 얼굴을 힐끔 들여다보고 사무실 안쪽 자신의 책상으로 갔다. 그 사람 성이 남이었구나. 별것도 아닌데 비밀이라고… 주영은 허탈한 느낌에 잠시 서 있었다. 팀장이 칸막이 위로 고개를 한 번 더 내밀어 재촉했다.

"그렇게 서 있지 말고 어서 전화해. 여기서 하든가."

주영은 잠시 그대로 서 있다 가방 안에서 **코**가 맡긴 봉투를 들고 팀장에게로 갔다.

"이거 안전부에서 준 자료인데 수지라고, 지금은 대학생인데, 그애 집에 몰래 두라고…."

눈물이 쏟아졌다. 뭘 하려고 했는지, 지금 무얼 하고 있는지… 무섭고 두려웠다. 팀장은 못 들은 듯 팔꿈치를 괴고 손가락 끝으로 이마를 받치고 있었다. 그리고 짧은 숨을 내쉬더니 얼굴도 돌리지 않고 말했다.

"무슨 소리를 지금…"

팀장이 신경질적으로 키보드를 두드렸다. 주영은 팀장의 책상 위에 봉투를 놓았다.

"혼자 온 아이입니다. 가족도 없고…"

팀장은 책상 위의 봉투를 흘깃 본 후 더 들을 필요가 없다는 듯 손을 들어 말을 막았다. 이미 할 말은 다한 것 같았다.

밤하늘이 맑았다. 주영은 잠시 걸음을 멈추었다. 별들은 날아오른 연처럼 아주 높은 곳에 있었다. 숙소 한 곳에서 누군가 노래를 불렀다. 그들이 좋아하는 '친구'였다. 아직은 우리나라 노래도 북한식으로 불렀다. 그 노래에 답이라도 하듯 마을에서 개가 짖었다.

이제 붉은색 공중전화 부스는 텅 비어 있다. 밤 9시까지 그들의 가쁜 목소리를 전달했던 전화기는 여전히 누군가의 말을 전하는 듯 작은 전등을 밝히고 누군가 하지 못한 말을 어디론가 전하고 있다. 그중 한 대는 누군가 차마 전화를 끊지 못한 듯 수화기가 선반 위에 있었다. 이곳에 온 많은 사람들이 친구 만나러 간다, 바람 쐬러 간다, 아니면 이 말마저 하지 않고 집을 떠난 사람들이었다. 각별했던 가족 그 누구에게도 하지 못하고, 목구멍 끝에서 삼킨, 하지 못한 그 말을 어떻게 할까. 뚫어져라 공중전화를 보고 있는 그들의 마음에 흐르는 눈물을 이제는 알 것 같았다. 다시는 돌아갈 수 없는 곳, 다시는 만나지 못할 사람들. 대한민국에 왔다는 열망이 뜨거울수록 죄책감도 깊어질 것이었다.

주영은 전화기 위에 놓여 있는 수화기를 들었다. 뚜우 뚜우… 말을 하라고 재촉하는 듯했다. 전화기를 귀에 대고 번호판을 들여다보았다. 몇 명의 사람들이 스쳐 갔다. **코**의 모습이 가장 먼저 지나갔다. **그 서류봉투는 유니원에 맡겼습니다.**

마지막 문자를 보낸 후 휴대폰 전원을 껐다. 이제 어떤 마음도 남아 있지 않았다. 가장 오랫동안 떠오른 사람은 선주 씨였다. 아파트 배정받고 좋다 했더니 곧 열이 나고 사지가 너무 아파 병원에 입원했다고 했다. 새벽에 남한에 먼저 와 있던 사촌한테 전화했더니 별일 아니니까 진통제 있으면 먹고 기다리라고 했단다. 기다리면서도 야속하다고 생각했는데 사촌은 자기가 의사라도 되는 듯 유니원 나오면 대부분 이유 없이 이렇게 한 번씩 아프다고 했다고, 내일 퇴원한다고 했다. 퇴소하면 다들 왜 그렇게 아프대요? 주영이 묻자 선주 씨는, 잘 모르겠다며, 다 잊었다는 듯이 웃었다. 순 엄살이라고 놀렸지만 그들이 왜 아픈지 알 것 같았다. 이식의 고통을 몸이 먼저 알고 있는 것이다.

새벽 5시, 출입 통제 시간이 지나자마자 숙소 밖으로 나온 사람들이 공중전화를 찾았다. 아마도 지난밤 한잠도 자지 못하고 뒤척이며 기다린 시간일 것이다. 밤새도록 손에 쥐고 있어 뜨거워진 카드를 들고 새벽부터 그들은 무슨 말을 할까. 어쩌면 강을 건너다 떠내려간 여동생의 소식을 전하며 엉엉 울었을 수도 있고 돌아가신 할머니의 소식을 전하는 사람들도 있을 것이다. 누군가는 전화카드만 들고 북한집 전화번호를 꾹꾹 눌렀을 수도 있을 것이다.

첫 버스는 6시였다. 검은 군복을 입은 경비대가 꽉 닫힌 철문을 열어주고 인사를 했다. 팀장에게는 그만둔다는 말을 했지만 어쩐지 아무에게도 말을 하지 않은 기분이었다. 아무에게도 말을 하고 싶지 않았다. 아무 말도 하지 않고 떠나온 사람들의 심정이 조금 이해가 되었다. 물속 깊은 세상에 갔다 온 기분이었다.

유니원 맞은편에서 첫차를 기다렸다. 이제 다시 유니원 안으로 들어갈 수 없다. 처음 이곳으로 올 때 탄 택시기사의 말처럼, 그곳은 아무나 들어갈 수 있는 곳이 아니기 때문이다. 다시는 갈 수 없는 곳을 가진 그들의 아픔이 조금씩 스며들었다. 선주, 수지, 기호, 명훈의 얼굴이 차례로 떠올랐다. 꼭 다시 당당하게 돌아오고 싶었다.

호두과자

윤보 씨는 어머니에게 이야기한 것과는 달리 제삿날 밤이 아닌 그다음 날 새벽에 금당실을 떠났다. 술에 취해 형 집에 쓰러져 자다 눈을 뜨자마자 나온 것이었다. 얇은 어둠이 한 꺼풀 정도 남아 있었다. 평소에는 음복으로 한두 잔 하는 정도였지만 그날은 제주를 다 마시고도 모자라 냉장고에 있던 소주까지 꺼내 와 마셨다. 처음엔 너무 많이 마신다며 만류하던 큰형도, 형 집 아니면 어디에서 마시겠냐고 실컷 마시라고 했다. 밤에 올라간다는 사람이 웬 술을 그렇게 마시냐는 말이 들렸지만 윤보 씨는 못 들은 척했다. 형이 술 깨면 운전대 잡으라고 할 테니 걱정 마시라고 어머니를 안심시켰다. 한참 마시다 보니 어머니는 보이지 않았다. 북한에서 양부의 딸과 손자가 왔다는 이야기는 하지 않았다. 목구멍을 타고 그 말이 올라올 때마다 술을 마셨다. 분명 쓸데없는 관심을 받게 될 것이었다. 그들이 가족인지 아닌지부터 헷갈렸다.

금당실에 갔다 온 다음에도 어머니가 준 전화번호 쪽지를 펴본 적이 없었다. 그 쪽지가 생각나면 멍하게 베란다에 서 있다 들어왔다. 아내에게도 말하지 않았다. 40년 전 어머니의 양자가 될 때가 생각났다. 그때에도 양부에 대한 소문은 무성했다. 북에 끌려갔을 것이다, 6·25전쟁 중에 죽었을 것이다 등. 어머니는 그 어떤 소문에도 반응을 하지 않았다. 그저 아버지의 제사가 아니라 생일상을 차리면서 자신의 마음을 표시했다. 북에 아버지가 살아계신다는 사실은 머리에 돌을 이고 있는 기분이었다. 양자가 된 이후부터 아버지가 북한에서 내려오면 어떻게 할까 두려웠다. 아버지의 나이가 60, 70이 넘어가면서 그런 걱정에서 조금씩 벗어났다. 돌아가셨을 가능성이 많아졌다. 이제 80세가 넘은 어머니까지 돌아가시면 자신을 끌고 다닌 운명의 그림자가 조금씩 엷어질 것 같기도 했다. 그런데 주영이 유니원에 취직을 하더니, 이번에는 아버지의 딸과 그 아들이 찾아왔다고 했다. 핏줄로 따지자면 피 한 방울 섞이지 않고 양자로 들어온 자신보다 그 여자가 훨씬 이 집안의 적통인 셈이었다. 지금 그런 걸 따져 무슨 소용인가 싶다가도, 가끔씩 당황스러웠다. 북으로 간 양아버지의 그늘에서 벗어났다고 생각했는데 제대로 한 방 맞은 기분이었다.

금당실에서 올라온 며칠 뒤 어머니는 다시 전화를 했다. 잘 올라갔는지 전화해본다는 게, 마늘 캤다고 좀 바빴다고 하셨다. 그것 때문에 전화할 분이 아니란 걸 윤보 씨는 알고 있으면서도 그 역시 제가 먼저 전화드려야 했는데 깜빡 잊었다고만 했다.

"아무리 생각해도 우째 여기까지 오라고 하겠는가."

어머니는 정색이신 듯, 단단한 음성이었다.

"네?"

윤보 씨는 그래도 못 알아들은 척했다.

"교통이야 서울이 편하제. 서울 구경도 시켜주고."

어머니의 목소리가 전화기 밖으로 들렸다. 아내가 TV의 음량을 줄였다. 어머니의 목소리가 더 또렷하게 들렸다.

"그날 내려와서 그날 올라가게 할 수도 없고…, 서울에서 보는 게 낫겠제?"

"그러고 싶대요?"

더 이상 모른 척할 수 없었다. 윤보 씨의 마음이 무거워졌다. 눈썹 위에 지네 한 마리가 붙은 듯 인상을 찌푸린 아내가 자신을 쏘아보았다. 그 사람들을 부르기라도 하면 가만 안 두겠다는 눈빛이었다.

"꼭 말을 해야 아나?"

나무랄 때처럼 어머니의 목소리가 낮아졌다. 아내가 검지손가락 두 개로 X자를 그렸다. 절대 안 된다는 뜻이었다. 뭘 알지도 못하면서, 윤보 씨는 아내가 불만스러워 미간을 찌푸렸지만 자신이 생각해도 그럴 필요는 없을 것 같았다.

"주영 에미가 수술을 했어요. 간단한 수술이긴 해도 손님 치르기엔…."

윤보 씨는 목소리를 낮추었다. 아내도, 어머니도 조심스러웠다.

"어디가 안 좋아서?"

예상대로 어머니가 황급하게 물었다.

"간단한 거예요. 배 아래 혹이 났나 봐요."

윤보 씨는 몇 년 전에 제거한 아내의 혹을 들먹였다. 주방 쪽에 있는 아내가 살짝 웃는 것 같았다.

"아이구 그 몸으로 손님을 치면 안 되지. 괜찮은 게냐, 에미는?"

어머니는 윤보 씨의 말을 곧이곧대로 들은 건지 아니면 단순한 핑계라는 걸 알면서도 모르는 척하는 건지, 아내 걱정부터 하셨다.

"며칠 쉬면 괜찮을 겁니다. 그런데 그 사람들은 어떡하지요."

윤보 씨는 어렵게 본론으로 들어갔다.

"금당실로 오라고 해야지. 그 아이 축구 테스트라는 것도 받아보고."

"축구 테스트요?"

"갸가 공을 차고 싶어 북한서 왔는데 공 찰 데가 없단다. 읍내 선생 말로는…."

"북한 애들이 공을 차면 얼마나 찬다고. 키도 작을 텐데."

윤보 씨는 어머니가 못마땅해 한마디 했다.

"키는 작아도 날래기만 하면 된다는데."

어머니는 그 아이를 잘 아는 것처럼 말했다. 그는 어머니의 전화가 점점 불편해져 서둘러 전화를 끊었다.

어머니의 전화 후에도 먼저 연락을 할 생각은 없었는데 동기 모임에 갔다 온 후 생각이 달라졌다. 서울에 사는 중학교 동기는 다섯 명이었다. 세 명은 퇴직을 했고 한 명은 자영업, 한 명은 작년에 교감이 된 친구였다. 퇴직 전에는 시간 맞추기가 힘들었는데 퇴직하고 나니 약속 정하는 일이 수월했다. 자영업 하는 친구가 낮이 낫다고 해서 주로 토요일 낮에 만났는데 이번에는 교감으로 있는 친구 학교의 개교기념일라 해서 평일 낮에 만나기로 했다. 아직 현직에 있는 교감인 친구가 형편이 조금 나았지만 자영업 하는 친구나 퇴직한 친구들의 삶은 비슷비슷해서 소주 한 잔이 달고 말 한 마디가 따뜻했다. 아침을 식빵 한 조각으로 때운 뒤라 윤보 씨는 바쁘게 약속 장소인 삼겹살집으로 갔다. 교감인 친구는 갑자기 학교에 불려나가 좀 늦다고 했다. 윤보 씨는 학교 선생이나 할 걸 잘못했다고 친구를 부러워하며 소수잔을 부딪쳤다.

친구는 삼겹살집을 나와 그 옆의 맥주 집으로 자리를 옮겼을 때 왔다. 북한에서 온 애가 한 명 있는데 갑자기 그 애에 대한 보고를 하라고 해서. 친구는 목이 탔는지 맥주를 단숨에 다 비웠다. 북한 애? 친구들이 동시에 물었다. 3월에 왔는데, 며칠 오더니 아예 학교를 안 오더라고. 전화도 안 받고. 교감은 맥주 값은 자기가 내겠다며 흑맥주 한 병과 맥주 세 병을 더 주

문했다. 경찰이었던 친구가 교감의 잔에 술을 따르며 한마디 했다. 북한서 왔다고 밝히지도 않지? 아니, 전학 오는 날 양강도 혜산에서 왔다고 하더라고. 학교가 뒤집어졌지. 좀 놀라는 것 같아도 애들이랑 잘 어울렸는데, 수업 내용을 따라갈 수 있어야지. 교과 선생 말로는 초등학생보다 못하다는데. 며칠 뒤에는 계속 엎드려 자는 거야. 기초학력진단평가도 우리 학교에서 유일하게 미달이고. 그렇지 않겠나. 학교도 제대로 안 다닌 데다가 배우는 내용도 다를 거고. 윤보 씨가 한마디 했다. 맞다. 니 좀 아네. 그것만 해도 큰 문제인데 누가 빨갱이라고 했나 봐. 그다음부터는 아예 안 나오고. 걔 엄마가 교육청에 바로 민원 넣은 거야. 그 인간들이 고발 하나는 잘해요. 누군가 또 한마디 했다. 집 주고 정착금 주지. 학비 공짜지, 그렇게 해주는 데도 못 하면 할 수 없는 거 아냐. 자영업을 하는 친구도 한마디 했다. 윤보 씨는 괜히 얼굴이 붉어지는 것 같아 냉수를 달라고 했다. 다행히 이야기는 입원 중인 교감의 노모 안부를 물은 걸 시작으로 건강 문제로 넘어갔다. 경찰로 퇴직한 친구가 금당실 어머니의 안부를 물었다. 대단한 분이시지. 아무나 그렇게 살 수 없어. 윤보 씨는 못 들은 척 술을 마셨다.

자영업 하는 친구가 가게에 가봐야 한다며 저녁 시간 전에 자리에서 일어났다. 윤보 씨도 일이 있다며 같이 일어났다. 친구는 지하철을 타겠다며 역 안으로 내려가고 그는 그대로 걸었다. 정착금도 주고 집도 주고 학비도 공짜라는데 왜 학교를 안 다녀! 한국에 그것도 없는 애들이 얼마나 많은데, 그는 양부의 손자가 옆에 있기라도 한 듯 돌아보다, 횡단보도를 건너고 있는 남학생을 따라 건넜다. 옛날 말이지, 학비가 없어서 공부 못하는 애들은 없지. 윤보 씨는 불쑥 떠오른 생각에 고개를 끄덕거렸다. 그는 그만 걸어야겠다는 생각과 어머니가 준 전화번호를 동시에 떠올렸다. 빵집 앞이었다.

심금향. 전화를 하기에는 시끄러운 것 같아 옆에 있는 빵집 건물의 계단으로 올라갔다. 서너 번 울리다 안 받으면 끊을 생각이었는데 두 번 만에 전화를 받았다. 여보세요. 전화를 받는 여자의 억양이 약간 달라 더 긴장이 됐다.

"권보드란 할머니의 아들입니다.

"아 그렇습매까? 기다리고 있었습매다."

여자는 스스럼없이 반색을 했다.

"어머니댁으로 모시고 오라고 해서…."

"서울에 안 간다고예?"

여자는 비명처럼 물었다. 사정이 생겨 어쩔 수가 없다고 하자 여자는 할머니는 그렇게 말하지 않았다고 실망을 감추지 않았다. 윤보 씨는 둘러댈 말을 찾지 못해 입안이 바싹 말랐다.

"어머니가 축구 테스트를 받게 해놨다고…."

윤보 씨는 더듬거리며 겨우 말했다. 어머니는 그 아이라고 여자의 아들을 지칭했지만 그는 그 말조차 하기가 어려웠다.

"예? 볼을 차게 해준단 말입니까?"

테스트라는 말을 설명해야 하나, 윤보 씨는 순간 난감했지만 일단 만나서 이야기하는 게 나을 것 같았다. 시끄러워서 전화를 오래 할 수도 없었다.

"그럼 언제쯤 내려갈까요? 제 차 타고 같이 가면 됩니다."

윤보 씨는 한쪽 귀를 손으로 막고 큰 소리를 했다. 어쩐지 점점 시끄러워지는 것 같았다.

"아무 때나 괜찮지만 그래도 주말이라야 안 되겠습니까?"

여자는 아직 자신의 퇴직 사실을 모르는 것 같았다. 하기사 알고 말고 할 것도 없긴 했다. 축구 테스트 받으려면 주말은 곤란할 것 같다고 하자 여자는 그건 생각도 못 했다며 우물쭈물했다. 윤보 씨는 마지막 주 월요일에 만나기로 하고 전화를 끊었다. 처음 만나는데 무슨 선물을 사야 할 것 같기도 하고, 이 사실을 알려야 할 것 같아 그는 그 자리에서 딸에게 전화를 했다.

경기도 중소도시인 A시에서 어머니 집까지 가려면 아침 일찍 출발해야 했다. 여자에게는 화장품 세트를, 아들에게는 운동화를 선물로 샀다. 주영도 할머니 집에 가겠다며 따라나섰다. 북한에서 온 사람을 그렇게 만나도 되냐고 아내가 걱정스럽게 말했다. 딸은 그 사람들이 한국 사람보다 더 착하다며, 아내를 가볍게 타박했다. 직장을 그만둔 딸의 표정이 다른 때와 달리 밝아 보였다. 처음으로 하고 싶은 일이 뭔지를 알았다며 시간이 걸리더라도 그 일을 찾아보겠다고 하는 게, 몇 푼 받자고 여기저기 떠돌아다니는 것보다 나을 것 같기도 했다.

"저 사람들 같은데요."

주영은 터미널 입구 편의점 앞에 서 있는 남루한 모자를 가리켰다. 여자는 손가방을 들고 아들은 백팩을 매고 있었다. 여자의 파마머리는 부석부석했고 아들은 운동을 하기에는 왜소해보였다.

윤보 씨는 두 사람 옆으로 차를 붙였다. 북에서 온 소년은 꾀죄죄하고 빳빳해 보이는 게 그 옛날 자신의 모습 같았다. 소년에 대한 반가움이 갑자기, 뜨거운 바람처럼 치밀어 올라 윤보 씨는 당황스러웠다. 코를 훌쩍이고 건기침을 한 후에야 겨우 진정이 됐다. 그는 느닷없는 반가움을 경계하면서 길가에 차를 세웠다.

여자와 소년이 차 가까이 걸어왔다. 윤보 씨는 차에서 내려 인사를 했다.

"심금향 씨죠. 제가 심윤보입니다"

여자가 허리를 숙이고 눈을 맞추었다.

"많이 기다리신 것 같은데, 어서 타세요."

주영이 차 뒷문을 열었다. 여자는 그 행동이 마음에 든다는 듯 그제야 활짝 웃었다. 그는 잠시 여자를 보고 있었다. 저 사람들도 저렇게 웃을 수 있구나, 눈길을 돌리고서야 자신이 한 생각이 떠올랐다.

윤보 씨는 갈 길이 멀다는 듯이 서둘러 차를 출발시켰다. 점심시간까지 금당실에 닿으려면 서둘러야 했다. 운전석 위의 거울로 여자의 아들을 살폈다. 아들은 무표정하게 창밖을 보고 있었다.

"집사람이 몸이 안 좋아서 딸아이랑 왔습니다."

윤보 씨는 고속도로에 올리기 전에 한 번 더 인사를 했다.

"괜찮습매다."

여자는 딱딱하게 대답하고 입을 다물었다. 그리고 몇 번의 잔기침뿐 아무 말이 없었다. 경기도를 빠져나올 때쯤 주영이 뒤를 돌아보며 물었다.

"유니원 몇 기시죠?"

"유니원을 아시나 보네."

여자가 의아하다는 듯이 물었다.

"조금… 넌 몇 기야?"

"169기입니다."

뒷좌석에 앉은 아들이 군인처럼 대답했다. 윤보 씨는 그게 뭐냐고 묻고 싶었지만 끼어들지 않았다.

"오신 지 6, 7년은 되신 것 같은데, 가족은 이렇게 두 분이세요?"

주영의 말을 듣고 보니 다른 식구가 있을 수도 있을 것 같았다.

"남편도 있어요. 오늘은 일이 좀 있어서…"

조금 당황한 듯 여자가 말을 조금 더듬었다.

“남한 사람인데 볼품은 없어도 나쁘진 않아요.”

“어머니한테 들었습니다. 좋은 분을 만나셨다고….”

윤보 씨는 너무 듣기만 한 것 같아 한마디 했다. 말을 하고 보니 어머니한테 들은 게 아니라 지금 처음 들은 것 같기도 했다. 운전석 위의 거울에서 여자와 눈이 마주쳤다. 여자는 옆에 앉은 아들을 힐끔 쳐다보며, 아들을 이렇게 빨리 데리고 올 수 있었던 것도 남편의 덕이라고 했다. 아들은 표정을 들키고 싶지 않은지 창밖을 보고 있었다. 엄마의 말에 긍정도 부정도 하지 않았다.

평일 오전이라 그런지 차는 막히지 않았다. 조용해서 거울로 보니 여자는 졸고 있었다. 아들은 고개를 돌린 그 자세로 창밖을 보고 있었다. 서울에서 점점 멀어지는 걸 알고 있는 표정이었다. 휴게소를 알리는 이정표가 지나갔다.

“휴게실에 좀 들르죠. 화장실에도 가고.”

윤보 씨의 말에 여자가 깨어났다. 아들의 눈빛도 반짝였지만 윤보 씨가 운전석 문을 열고 차에서 내릴 때까지 모자는 가만히 있었다.

“주영아. 모시고 가서 커피라도 한잔 사드려라.”

윤보 씨는 주영에게 한마디 하고 급하게 화장실로 향했다. A시에서부터 화장실에 가고 싶었으니 걸음이 급했다. 소변기를 향해 바지 지퍼를 내리는데 옆 소변기에 누가 들어왔다. 여자의 아들이었다. 160센티 될까 말까 한 열일곱 살 난 남자아이의 오줌이 맑고 세차게 떨어졌다. 지퍼를 올리는 소년의 까무잡잡한 손등에 굵은 힘줄이 솟구쳤다.

"너 거기서 뭐 했니?"

윤보 씨는 툭툭 불거진 손등을 만지고 싶은 마음을 누르며 말했다.

"볼 좀 찼습니다."

소년은 야무지게 지퍼를 올리고, 부끄러운 듯이 살짝 웃었다. 낡은 운동화가 눈에 들어왔다.

"이름이 뭐냐?"

화장실을 나오면서 윤보 씨가 물었다.

"창줍니다."

억양이 이상했지만 못 알아들을 정도는 아니었다. 창주… 좋은 이름이라고 생각하며 소년의 옆모습을 바라보았다. 소년은 옆으로 눈길 한 번 주지 않고 왔던 길을 눈길에 발자국이 있는 것처럼 똑바로 걸어갔다. 보란 듯이 냄새를 풍기고 있는 맥반석 오징어 호떡 핫도그 쪽으로 눈길도 돌리지 않았다.

"잠깐만, 너 이런 데 와봤어?"

윤보 씨는 이름을 부르려다 말고 소년의 어깨를 잡으며 물었다. 말랑말랑한 17세 소년의 어깨가 아니라 잘 여문 사과처럼 단단했다. 자신의 삶을 지키기 위해 노동을 한 흔적이 느껴졌다. 어쩐지 소년과의 거리가 좁아진 느낌이었다.

"몇 번 들어와 봤습니다. 축구시합 하고 돌아갈 때."

소년이 말을 흐렸다.

"축구 잘하냐?"

어머니에게 들은 말이 생각나 물었다.

소년은 아무 말도 않고 얼굴을 붉힌 채 살짝 고개를 틀었다. 윤보 씨는 볼 차러 왔다는 소년이 처음으로 안타까웠다.

"휴게실에 오면 반드시 사 먹어야 할 게 있어."

윤보 씨는 소년의 등에 손을 얹고 식당 쪽으로 향했다. 소년의 눈이 약간 긴장되는 것 같았다. 너무 겁을 준 것 같았다. 윤보 씨는 약간 미안한 마음에 소년의 손을 잡았다. 울퉁불퉁한 고구마 같은 손이었다.

소년의 손을 잡고 걷고 있는데 앞에서 주영이 불렀다.

"이거 드세요. 고모가 사주셨어요."

윤보 씨는 자신도 모르게 걸음을 딱 멈추었다. 고모라니? 윤보 씨의 눈이 그렇게 물었나 보았다. 주영이 인상을 찌푸리며 눌었다.

"그럼 이몬가?"

"고모지."

호두과자 봉투를 든 여자가 주영을 살짝 나무라는 투로 말했다.

"시댁 가는 것보다는 낫네."

여자가 호두과자를 먹으며 누가 들으라는 듯 중얼거렸다.

"시댁에도 갔다 오셨어요?"

주영이 놀랍다는 듯 호두과자를 먹다 말고 물었다.

"시어머니 되는 사람 생신날에 갔다 왔어요. 시동생, 시누이도 만나고. 북한이나 남한이나 시가는 다 힘들어요."

여자가 웃었다.

"창주도 갔어요?"

윤보 씨가 묻고 싶은 걸 주영이 물었다.

"아직 안 데리고 갔어요. 학교 문제로 머리가 아프기도 하고…. 진짜 교육 문제가 제일 어렵네요."

여자가 한숨을 푹 쉬었다.

"그 문제는 한국 사람도…."

윤보 씨는 전화가 울리자 그렇게 서두르지 않아도 되는데, 서둘러 전화를 받았다. 아직 여자와의 대화가 편하지 않았다.

"네, 휴게소인데, 2시간 뒤에 닿을 것 같습니다."

윤보씨는 잠시 뒤에 전화기를 여자에게 건넸다.

"어머니신데, 받아보세요."

해설

분단, 이산(離散), 그리고 탈북자

김성경(북한대학원대학교 교수)

일본 제국주의에서 벗어나면 끝날 것이라고 믿었던 조선의 독립과 한반도의 평화는 그리 쉽게 찾아오지 않았다. 열강들의 셈법에 의해 분할되어 통치된 것도 모자라 한국전쟁이라는 인류 역사상 가장 참혹한 동족 간의 전쟁이 발발했고, 이후 다시금 국제 정세에 따라 38선을 기준으로 냉전체제가 구축되었기 때문이다. 전쟁으로 목숨을 잃은 이들이 약 300만 명. 거기에 분단과 전쟁으로 헤어진 이산가족의 수 또한 천만 명이다. 게다가 남한에서는 이산가족이라는 이유로 무차별적 사상검증을 당하기도 했고, 북한에서는 남한에 가족이 있다는 이유로 잠재적 불순인자로 구분되어 사회정치적 탄압의 대상자가 된 바 있다. 한반도에 사는 대부분은 전쟁과 분단의 틈바구니에서 가족을 잃거나 헤어지는 고통, 그리고 뒤이은 정치적 탄압에서 자유로울 수 없었던 것이다.

금방이라도 끝날 것이라고 믿었던 분단은 70여 년이 지난 지금까지도 계속되고 있다. 한순간 그어진 휴전선 앞에서 가족을 잃어버린 이들의 기다림은 이제는 너무 오래되어 기억마저도 가물거리게 되었다. 헤어진 고통에 소리치던 이들이 하나 둘 세상을 떠나면서, 점차 가족을 다시 만나야 한다는 절박함 또한 흐릿해져 간다. 하긴 이곳에서 살아야만 했던 사람들은 분단의 고통 앞에서 헤어진 이들을, 분단의 상처를 망각하지 않고는 살 수 없었으리라.

하지만 아무리 잊으려 해도 남북 모두, 그리고 한반도에 살고 있는 모든 이들은 분단이라는 커다란 돌덩이를 몸과 마음에 이고 산다. 분단이 만들어낸 갈등은 단순히 상대방을 적대하는 것에서 머물지 않고, 각 사회 내 갈등의 근원이 되고 분단을 내재화한 비틀어진 국가정체성은 세대를 넘어 전승되기까지 한다. 예컨대 지난 수년 동안 '종북'이라는 마녀사냥이 사회 곳곳에서 자행된 것도, 적국의 위협을 운운하며 정당화된 수많은 국가폭력의 사례들도, 체제 경쟁이라는 이름으로 사회적 정의에 둔감했던 것도 사실 분단이 만들어낸 절름발이 한국사회의 일면이다.

더 심각한 것은 분단은 외재적 조건에 머물지 않고, 이곳 사람들의 몸과 마음에 내재한다는 사실이다. 북한에 대한 뿌리 깊은 적대와 혐오는 그곳에 관련된 모든 것에 대한 이성적 판단을 마비시키기 일쑤이며, 그곳에서 온 사람들에 대한 불신과 거리감으로 가시화되기도 한다. 북한출신자 수가 3만여 명에 이른 지금, 이웃으로 한국사회에 편입된 북한출신자에 대한 편견과 배제의 시선은 이렇듯 분단이라는 구조적인 한계와 이를 배태한 마음과 긴밀한 연관성이 있다. 북한출신자들이 아무리 '동포'라고 외쳐도, 결국 이들은 적국에서 온 '빨갱이'라는 분단적 인식이 여전히 한국사회에 깊게 자리하고 있는 것이다.

사실 남한으로 이주해 온 북한출신자들은 분단의 피해자가 분명하다. 북에서 태어나, 가족과 삶의 터전을 뒤로하고 남한으로 이주한 이들은 분단이 만들어낸 신(新)이산가족이며, 이 때문에 항상 고통과 그리움에서 자유로울 수 없는 존재들이다. 분단된 남북에서 국경을 넘는다는 것은 기존의 이주라는 프레임으로 다 담아 낼 수 없는 강제와 금기를 내포하고 있다. 북한출신자들에게 한 번 넘은 국경을 다시 넘어 '고향'으로 돌아간다는 것은 사실상 불가능에 가까운 일이며, 이 때문에 이들의 이주는 돌아갈 수 없는 길을 떠나는 것과 다르지 않다. 즉 이들의 이주는 가족과의 이산을 의미하는 것이고, 문제는 이렇듯 헤어진 가족과의 재결합은 남북 분단 상황이 획기적으로 변화되지 않는 이상 불가능하다는 점이다.

21세기에도 여전히 자유로운 이동이 가능하지 않은 유일한 곳. 그럼에도 불구하고 그 국경을 넘어 이곳에 온 북한출신자들. 이들은 가족과의 이산을 각오하면서까지 남한을 선택했지만 그렇다고 이들의 삶이 온통 핑크빛으로만 물들어 있는 것 또한 아니다. 시시각각 찾아오는 외로움과 고립감은 그렇다고 치더라도, 끊임없이 자신을 증명해야만 이곳에서 받아들여질 수 있다는 강박이 이들을 괴롭힌다. 신자유주의적 논리로 모든 것이 작동하는 한국사회에서 이들에게 주어진 자유는 시장이 허용되는 범위에 불과한 데다, '북한' 출신자라는 멍에는 매순간 이들을 옥죄어 온다. 이들에게는 자신의 삶을 서사화할 힘도, 그렇다고 이념과 체제가 아닌 자신들만의 주체적 삶의 장소를 만드는 것도 허용되지 않는다.

게다가 시장 가치가 최우선인 남한사회에서 북한출신자의 노동력은 그 자체로 경쟁력을 갖기 어렵다. 자본은 언제나 더 싸고 효율적인 노동력을 선호하고, 인류애, 정의, 평등 등의 선한 가치 따위는 이윤을 위해서라면 언제든 내팽개칠 수 있는 것이다. 사회주의적 노동문화에 익숙한 북한출신자는 남한사회의 경쟁적인 노동문화와 언제든지 대체될 수 있는 자신들의 처지를 비관하기 쉽고, 아무리 풍요로운 물질문명이 존재해도 자신들에게 허용된 것은 사실 제한적이라는 것을 알아채는 데 그리 오랜 시간이 걸리지 않는다.

이런 상황에서 북한출신자가 경쟁적인 남한사회에서 환영받을 수 있는 사실상 유일한 방법은 반북의 증언자가 되는 것이다. 분단의 언어를 쏟아내며 자신의 고향을 더 큰 소리로 부정할 때 자신들에 대한 남한사회의 의심스런 눈초리에서 자유로울 수 있다. 게다가 별다른 기술이나 지식이 없는 대부분 북한출신자가 자본주의가 요구하는 강도 높은 육체노동을 피하고 경제적으로 살아남을 수 있는 가장 손쉬운 길은 반북의 표상으로 활동하는 것이다. 온통 관음증적 시선으로 가득한 방송에 나가 북한에 대한 부정적인 언설을 쏟아내는 것이나, 통일교육이라는 이름으로 행해지는 안보교육 강사로서 반북을 외치는 것, 보수적인 정치 단체의 활동가로 활동하는 것 등을 볼 때 북한출신자들에게 허용된 자리와 역할은 여전히 정치적이며 분단적임을 알 수 있다. 국가의 통제를 피해, 자유를 찾아 이곳에 온 북한출신자는 어쩌면 더 촘촘하게 작동되는 '국가', '분단', 그리고 '이념'의 통제망에 걸려들어 있는지도 모른다.

사실 1990년대 중반까지만 해도 북한출신자 대부분은 정치적 이유에서 남한을 선택하였으며, 그 수 또한 적었다. 한국전쟁 이래로 1999년까지 천 명이 넘지 않은 북한출신자가 남한으로 이주하였고, 이들은 남북 체제 경쟁의 징표로서 정치적으로 활용되는 경향이 강했다. '귀순용사'라는 기표가 말해주듯, 이들은 투항한 적군이었으며 그만큼 정치적으로 가치가 있었다. 서울 시내 한복판에서 귀순용사 카퍼레이드와 군중연설은 심심치 않게 열렸고, 이들이 증언하는 북한 정권의 만행은 언론과 교육 매체를 통해 전국에 유포되곤 했었다. 수가 적은 만큼 더 많은 스포트라이트를 받았으며, 국가도 나서 이들의 경제적 안위와 정착에 관심을 기울였다.

하지만 90년대 중반 북한이 고난의 행군이라고 불리는 최악의 경제난을 겪게 되면서 국경을 넘는 북한출신자의 수가 급증하였고, 이들의 이주 동기 또한 경제적 요인, 삶의 질, 교육 등 다양해지기에 이른다. 2000년대 중반에는 매년 이천여 명이 훌쩍 넘는 수의 북한출신자가 남한으로 이주해 왔고, 갑작스런 대규모의 이주 앞에서 우왕좌왕하던 정부는 관련 법을 개정하고 북한출신자를 담당하게 될 정부기관을 정비하기 시작한다. 이때부터 이들에게 새롭게 주어진 이름이 바로 '북한이탈주민'이다. 북한을 '이탈'했기 때문에 남한에 받아들여진 이들이며, 정치적 이유로 국경을 넘은 것이 아닌 평범한 일반인의 이동, 즉 '주민'이 이들의 특성이다.

한반도와 부속도서를 대한민국의 영토로 명시한 헌법의 영토조항은 북한지역에 살고 있는 이 또한 대한민국의 국민으로 해석한다. 북한이탈주민이 대한민국의 국적을 취득할 수 있는 헌법적 근거는 북한 지역에 거주해 온 주민들은 한반도 이북지역을 '불법'으로 점거하고 있는 북한 '괴뢰당'에 사실상 이동의 자유를 박탈당한 대한민국 국민이라는 해석에 바탕을 둔다. 그만큼 이들 스스로 북한 체제와는 관계가 없음을 증명해야 하고, 북한 '괴뢰당'의 폭력에 노출되었다는 것을 밝혀야만 한다. 자신을 증명해야만 하는 이 지난한 과정은 남한에 처음 발을 딛는 순간부터 시작된다. 지금은 북한이탈주민보호센터로 이름을 바꾼 합동심문센터에서의 3개월간의 조사과정에서 북한출신자는 끊임없이 자신의 삶을 설명하고, '이탈' 동기를 정당화해야 하며, 동시에 자신이 북한 '체제'를 적대시하고 있음을 증명해야만 한다.

그뿐만이 아니다. 이후 이들의 정착을 돕는다는 명목하에 하나원에서 3개월간 머물면서 정착 교육 과정을 거쳐야만 한다. 갑작스런 환경 변화에 도움을 주기 위해 고안된 국가기관임에도 불구하고, 그 기관이 단순히 '사회보장'만을 목적으로 하지 않는다는 것은 의미심장하다. 게다가 국가기관이 국민을 '통제'하고 '교육'한다는 것의 잠재적 위험성은 충분히 짐작가능하다. 이들에 대한 정보는 축적되어, 언제든지 국가가 원하는 방식으로 재가공될 위험성 또한 존재한다. 예컨대 세상을 떠들썩하게 했던 유우성 간첩조작사건이나 지속적으로 발생한 탈북자 간첩조작 사례 등을 보면 북한출신자의 정보는 정치적 목적하에 언제든 조작 가능하다는 것을 알 수 있다.

하나원의 교육을 마치고 지역사회에 편입된 이후에도 하나센터라는 지역사회복지 단체를 통해 북한출신자는 관리되고 있다. 게다가 지역사회에 도착하자마자 대부분의 정보는 신변보호관인 경찰로 이관되게 되고, 이들의 동태는 사실상 국가정보의 대상이 된다. 사실 북한출신자에 대한 정부의 정책적 목적은 지원과 정착 아래 작동되고 있지만, 이 사회보장제도의 이면에서 작동하는 또 다른 목적은 이들 중 간첩을 솎아내는 것이고, 이들이 혹여나 북한과 교류를 계속하는지 감시하며, 정착 실패로 인한 반사회적인 행동을 방지하는 것이다. 즉, 북한출신자는 '북한'이라는 징표를 가진 아주 '특별한' 국민으로 관리·감독되고 있는 것이다.

이렇듯 북한출신자들의 남한살이는 힘겹다. 경제적 어려움뿐만 아니라 자신들을 둘러싼 분단 구조가 이들을 끊임없이 구별 짓고 배제하기에 더더욱 그러하다. 자유를 찾아 혹은 더 나은 삶을 찾아 남한까지 온 이들 대부분은 자신들이 꿈꿔 왔던 세상이 그리 쉽게 얻어질 수 없다는 사실을 깨닫게 된다. 남한사회에서 정착하는 것이 힘겨운 이들은 자신들이 왜 여기까지 왔는지에 대한 근본적인 회의를 품게 되기도 하고, 종종 지독한 향수병에 감정적 동요를 경험하기도 한다. 남겨 놓은 가족에 대한 죄책감과 그리움은 쉽게 가시지 않고, 의지할 곳 없다는 외로움에 몸서리치기 일쑤이다. 차별받는 남한에 사느니, 차라리 외국인 노동자로 사는 것이 낫다고 판단한 이들은 제3국으로 또 한 번의 이주를 결행하기도 한다. 또 다른 극단적인 몇몇은 다시금 국경을 넘어 북한으로 재입국을 시도하기까지 한다. 목숨을 걸고 건넌 국경을 다시금 건너기까지 이들은 얼마나 많은 고통과 눈물을 흘렸을까. 다른 곳으로 이주한다고 하더라도, 아니 다시금 고향으로 돌아간다고 하더라도 이들의 삶은 이미 이전과는 완전히 달라져 버릴 수밖에 없다. 아무리 분단을 교란한 자들이 감내해야만 하는 형벌이라고 할지라도 그 대가는 너무나 가혹하다. 이것이 다 서로를 혐

오하고 적대함으로써 존재해 온 한반도의 분단체제 때문이다. 이들에게는 자유로운 이주도, 가족을 다시금 만날 권리도, 이념과 체제가 아닌 한 사람의 '인간'으로서의 권리도, 지금의 분단 체제에서는 가능하지 않다. 자 그렇다면 어떻게 해야 할 것인가. 북한출신자에게 조금 더 자리를 내주는 것으로는 충분하지 않다. 좀 더 급진적인 사고의 전환과 전략 없이는 이들의 삶을 옥죄어 오는 분단이라는 그 근본적 구조에 생채기조차 내기 어렵다. 분단을 재생산하는 모든 장치, 담론, 구조에 반기를 들어야 한다. 왜 그들은 가족을 만날 수 없는지, 왜 그들은 고향에 갈 수 없는 것인지, 왜 그들은 자신들의 출신지 때문에 차별을 받는지, 어쩌면 너무나 명징해서 질문조차 던지지 않았던 그 모든 고정관념에 질문을 던져야 한다. 분단 극복 없이는, 그들 삶의 궁극적 전환은 불가능하니까 말이다.

작가의 말

소설은 끝난 걸까.

병욱은 단둥역 대합실에 앉아 있고 .
시인이 되고 싶다는 선주 씨는 이제 퇴원을 했다.
축구를 하고 싶은 창주는 휴게소에서 호두과자 한 개를 받아 들었을 뿐이고 자유를 찾아온 수지는 자신 앞에 닥친 위험도 알지 못한다.

어쩌면 이제까지 쓴 것보다 더 긴 이야기가 필요할지도 모르지만 지금과 같은 분단 상황에서는. 그들이 어디에 있든 무엇을 하든 불안과 갈등은 비슷할 거라고 생각했다.
물론 부족한 글에 대한 변명이지만.

가끔 북한에서 온 친구들을 만난다. 이젠 지하철 노선을 나보다 더 잘 알고 인터넷 검색을 자유롭게 하며 몸에 좋은 음식을 익숙하게 골라 먹는다. 그래도 30분도 안되어 가족이 보고 싶다며 우는 건 처음 만났을 때와 똑같다. 북한에서 남한으로 온 이유는 다양하지만 남한에서의 고통은 비슷해보였다. 돌아갈 수도 없고 두고 온 가족을 다시 만날 수도 없다. 돌아보지 않는 것, 그리스 신화의 오르페우스조차 하지 못한 일이 아니었던가.

이 글이 꼴을 갖춘 건 소설 안에 실은 선주 씨의 글과 북한대학교 김성경교수님의 해설 때문일 것이다. 따뜻하게 원고를 만져준 산지니 식구들의 고마움도 잊지 않겠다. 끝으로 『생각하는 사람들』은 소설임을, 소설이란 허구, 상상력의 산물임을 잊지 말았으면 한다.

2018년 4월　정영선

정영선

1997년 문예중앙으로 등단. 소설집 『평행의 아름다움』, 장편소설 『실로 만든 달』, 『물의 시간』, 『부끄러움들』, 『물컹하고 쫀득한 두려움』 등을 집필했다. 부산소설문학상, 부산작가상, 봉생문화상(문학)을 수상하였으며, 2013~2014년 교육부 파견교사로 경기도 안성의 하나원(북한이탈주민정착지원사무소) 내 청소년 학교에서 근무하였다.

:: 산지니 · 해피북미디어가 펴낸 큰글씨책 ::

문학

해상화열전(전6권) 한방경 지음 | 김영옥 옮김
유산(전2권) 박정선 장편소설
신불산(전2권) 안재성 지음
나의 아버지 박판수(전2권) 안재성 지음
나는 장성택입니다(전2권) 정광모 소설집
우리들, 킴(전2권) 황은덕 소설집
거기서, 도란도란(전2권) 이상섭 팩션집
*2018 이주홍문학상 선정도서

폭식광대 권리 소설집
생각하는 사람들(전2권) 정영선 장편소설
삼겹살(전2권) 정형남 장편소설
1980(전2권) 노재열 장편소설
물의 시간(전2권) 정영선 장편소설
나는 나(전2권) 가네코 후미코 옥중수기
토스쿠(전2권) 정광모 장편소설
*2016 세종도서 문학나눔 선정도서

가을의 유머 박정선 장편소설
붉은 등, 닫힌 문, 출구 없음(전2권)
김비 장편소설

편지 정태규 창작집
*2015 세종도서 문학나눔 선정도서

진경산수 정형남 소설집
노루똥 정형남 소설집
유마도(전2권) 강남주 장편소설
*2018 대한출판문화협회 청소년도서

레드 아일랜드(전2권) 김유철 장편소설
화염의 탑(전2권)
후루카와 가오루 지음 | 조정민 옮김

감꽃 떨어질 때(전2권) 정형남 장편소설
*2014 세종도서 문학나눔 선정도서

칼춤(전2권) 김춘복 장편소설
목화-소설 문익점(전2권) 표성흠 장편소설
*2014 세종도서 문학나눔 선정도서

번개와 천둥(전2권) 이규정 장편소설
*2015 부산문화재단 우수도서

밤의 눈(전2권) 조갑상 장편소설
*제28회 만해문학상 수상작

사할린(전5권) 이규정 현장취재 장편소설
테하차피의 달 조갑상 소설집
*2011 이주홍문학상 수상도서

무위능력 김종목 시조집
*2016 부산문화재단 올해의 문학 선정도서

금정산을 보냈다 최영철 시집
*2015 원북원부산 선정도서

인문

파리의 독립운동가 서영해 정상천 지음
삼국유사, 바다를 만나다 정천구 지음
대한민국 명찰답사 33 한정갑 지음
효 사상과 불교 도웅스님 지음
지역에서 행복하게 출판하기 강수걸 외 지음
재미있는 사찰이야기 한정갑 지음
귀농, 참 좋다 장병윤 지음
당당한 안녕-죽음을 배우다 이기숙 지음
보녀5세내 이기숙 지음
한 권으로 읽는 중국문화
공봉진 · 이강인 · 조윤경 지음
*2010 문화체육관광부 우수학술도서

차의 책 The Book of Tea
오카쿠라 텐신 지음 | 정천구 옮김

불교(佛敎)와 마음 황정원 지음
논어, 그 일상의 정치(전5권) 정천구 지음
중용, 어울림의 길(전3권) 정천구 지음
맹자, 시대를 찌르다(전5권) 정천구 지음
한비자, 난세의 통치학(전5권) 정천구 지음
대학, 정치를 배우다(전4권) 정천구 지음